U0066666

開始學泰語，讀這本就夠！

泰語起步走 1

徐建汕（สมศักดิ์ รัตนชื่อสกุล / Somsak Rattanachueskul） 著

推薦序 1

開啟泰文化的魅力

1992年5月中旬，首度造訪東南亞的泰國普吉島，是名聞遐邇的觀光度假勝地，漂亮的島嶼，翠綠清澈的海島風光，一望沁心優游於海底世界的多彩熱帶魚，至今令我難忘。記得2016年遊歷柬埔寨吳哥窟時，當地導遊以非常流利的中文告訴旅客，他首次出國旅遊的地點是曼谷。曼谷是東南亞大都會，就像東京是東北亞的大都會一般，為人所嚮往，也是柬埔寨人一生嚮往、非一度前往旅遊不可的踏點。泰國在東南亞是經貿發展快速的國度，美麗的風光是歐美人士喜愛的亞洲重要觀光景點之一。臺灣前往泰國者早期以臺商居多，近十幾年來由於國際旅遊移動活絡，地球村概念促進年輕人與世界各地的接觸，伴隨此風潮前往泰國旅遊甚至工作者有逐漸增多之趨勢。

而本院外語中心於2016開設「泰語」推廣課程，由徐建汕老師擔任授課講師。建汕老師的泰語教學自1994年起便配合臺南縣外籍勞工諮詢服務中心之工作計畫，針對警察、聘僱泰籍勞工之廠商幹部，開設多場泰語基礎課程，並於語言教學相關單位教授泰語，擁有20幾年豐富而寶貴的泰語教學經驗，時而亦擔任文書翻譯及口譯的重要工作。這些年，在政府推動臺灣第二波的南向政策下，本院與泰國學術單位的交流合作亦隨之往前推進一步。自2017至2019年，本院陸續與泰國正大管理學院Panyapiwat Institute of Management、藝術大學Silpakorn University文學院（Faculty of Arts）與教育學院（Faculty of Education）、法政大學Thammasat University等簽有MOU，雙方積極展開實質的各項合作，如教師交換教學、學生短期學習課程交流、師生教學觀摩、華語學習，並與朱拉隆功大學Chulalongkorn University語言中心從事英語課程合作等。一連串與泰國各大學交流活動中，有幸得到建汕老師熱心的諸多協助，包括口譯等，遂使雙方的交流漸趨順利密切，由衷感激。

建汕老師累積其多年豐富的泰語教學經驗，為使學生有效進入泰語的學習，同時增加學習的趣味性，特撰著《泰語起步走1》教科書，內容生動活潑、圖文並茂。全書共160頁，分成6課，從聲母、韻母的辨識，到練習，及隨手可見的溫馨小叮嚀，處處凸顯本書的用心與特色。相信此書的完成，勢必有助於各界的泰語學習，進而開啟對泰國文化欲窺其竟的興趣。此書不僅是建汕老師個人長期教授泰語的重要成果與心血結晶，同時亦可為本院外語中心積極推動東南亞各類語種教學的用心與決心給予最佳的註解和見證，與有榮焉。

國立成功大學文學院院長

陳玉女

2019.7.26

推薦序 2

自政府推動新南向政策以來，臺灣有越來越多人想學泰語，也逐漸形成一種社會流行的風氣，從坊間泰語教學補習班像雨後春筍般地出現可見一斑，然而慎選專業的管道才能打好泰語基礎。

徐建汕（Somsak Rattanachueskul）老師本人在泰國受高等教育，加上長年居住在臺灣的優勢，所編撰的《泰語起步走1》可謂是對泰語有興趣之社會人士打好泰語基礎的最好教材，期望用本書學習泰語的朋友，能因此有更完整而紮實的基礎。

本人推廣泰語教學近30年，首創泰語廣播教學節目製作、主講及編著之「標準泰國語」初級及中級課程，國立教育電臺泰語教學節目網站至今仍然沿用此課程，見證了殷切學習泰語的臺灣民眾，因互相了解泰國與臺灣而越顯密切。目前在臺灣，還有許多喜愛泰國文化的年輕人，也紛紛加入學習泰語的行列，這樣輝煌的成果應歸功於30年來所有泰語愛好者，包含學泰語、教泰語、以及努力推廣泰國文化的每一位朋友。

李錫強
108.11.21

李錫強

國立教育電臺「標準泰國語」節目製作、主講及編著
財團法人中央廣播電臺泰語節目製作、主持人
財團法人公共電視泰語新聞（**โฟกัส ไต้หวัน**）編審
泰王國貿易經濟代表處投資顧問
泰國房地產獅王不動產 Lion Real Estate 顧問
臺灣泰國交流協會榮譽顧問

配合臺灣政府新南向政策，東協國家的語言學習，目前在臺灣十分熱門。臺灣有高達26萬的東南亞籍新住民，新住民實是臺灣人口成長的新動力。近年來的公職考試，也先後增設東南亞語組別。此外，東協為全球資金挹注熱點，經濟潛力無限，臺商渴求東協雙語人才，外派高層薪水可高出平均百分之50。而2019年學年度起，即將實施的12年國民基本教育課程綱要總綱，也已將新住民語文列為國民小學必選課程。由此可知，學會東南亞語言，已不再是「潮流」，而是「必要」了！

在觀光方面，去年東南亞旅客入境臺灣的人數成長達3成，但國內泰語、越南語、印尼語等東南亞語導遊人數卻明顯不足；具備東南亞語言能力，將成為導遊的最佳人選，因此，各縣市政府都積極開設培訓課程，希望能培養相關語言人才。相對的，泰國的觀光產業、文創的經驗及設計的實力在全世界都倍受矚目，堪為臺灣借鏡，會說英語早已不足為奇，能用泰語和當地人搏感情，擁雙語優勢，才是王道。

目前，臺灣坊間所出版的泰語學習書籍琳瑯滿目、五花八門，但不外乎都是生活、觀光或商務等注重會話的學習方式，僅強調口說，雖能在短時間內開口說泰語，但長期下來仍無法閱讀或書寫泰文。有鑑於此，本書希望能給予有心真的想學會泰語聽、說、讀、寫的朋友一種穩扎穩打的學習技巧。只要跟著書本循序漸進「起步走」，找到竅門，不怕辛苦、多背誦字彙、理解語法，跟MP3讀，多開口說，日積月累，相信你對泰語的聽說讀寫實力會大大提升，因為人人都有學習多門語言的天賦。

泰語屬於漢藏語系壯侗語族壯傣語支，是一種包含多元語言的體系。換言之，泰語裡除了有泰民族本身的語言之外，還包含了大量的外來語言，像高棉語、柬埔寨語、古印度的梵語和巴利語（多為佛教語和宮廷語），還有來自西方國家的英語（主要是音譯詞，是常見的生活用語或科技用語，如football、basketball、hello、OK、computer、apple、hamburger等等），以及許多來自廣東的潮州語（潮州人是支撐泰國經濟的主要華人）。

泰語的基本詞彙主要由單音節片語組成，構詞中有大量的合成詞和重疊詞。除了基本詞彙外，有許多詞彙（約百分之30左右）屬於外來詞。眾所皆知，所有的語言都是由千千萬萬個詞彙構成的，詞彙是句子的靈魂，也是學習語言不可或缺的部分，而泰語詞彙所扮演的角色與重要性更是明顯。

泰語，看起來像圖畫的文字，不是你想像中那麼難學，你只需掌握基礎的語音概念、瞭解簡單的語法和熟記大量的詞彙，就有意想不到的效果。換言之，要學會泰語，除了掌握語法外，就是要大量增加詞彙的數量。詞彙是句子的基礎，如果記不住單字，就無法連成句子，更談不上用泰語進行溝通了。因此，學習泰語的關鍵因素就在於掌握大量詞彙，初學者一定要切記。

學習任何的語言都一樣，先決條件不外乎要有濃厚的興趣，也要能找到正確的學習方法。興趣是最好的老師，有興趣和熱情比什麼都重要。聽泰語歌曲，看泰語電視、電影，都是培養對泰語興趣和熱情的好方法，藉此也可訓練聽力和累積字彙，增加語言的感性認知，若能加上口説練習，必能增強自己口語表達的自信心。多聽、多説、多讀、多寫，努力不懈不怕苦，假以時日，你的泰語能力一定會令人刮目相看。

我有多年的泰語教學現場經驗，深刻瞭解臺灣學習泰語者所遇到的困難，因此在編排本書時，我是以外語初學者的學習心理來編撰此書，深信它能符合每位學習者的需求。本書，絕對是你精進泰語能力的最佳工具書！

一旦開始學習泰語，就要每天持續一段時間，最好的長度是每天至少花一個小時，直到有基本的程度為止，否則就像停停蓋蓋的地基，脆弱的地基是沒有辦法往上蓋房子的，千萬不要氣餒、不要半途而廢！

機會——除了是留給準備好的人之外，我更想説：成功——是留給努力創造機會的人！學會多一種語言，就擁有更多的成功機會！

สมศักดิ์ รัตนชื่อสกุล

Somsak Rattanachueskul

2019.6.30

學生推薦 1

學習泰語，找對人學很重要

我學泰語到現在已經4年多了。

在這過程中，Somsak老師是我的第二位泰語老師，他本身是土生土長的泰國華僑，我是在救國團的泰語學習班上課時認識他的。由於先前已有第一位老師的經驗，所以我很容易去感受到前後者的差異，無論在教材的安排上，或者是課堂的講解，Somsak老師都能很充分地讓學員們學習到最道地的泰文，這也是為什麼我會一直持續跟著Somsak老師的泰語課程直到現在。

曾經聽過第一位泰語老師說，他的學生已經可以用泰語寫簡易的泰語書信給他，當時對我來說，只覺得是個好遙遠的夢，但是現在我不但可以流利地說泰語，也可以用泰語來寫書信。我最近寫了一篇泰語文章，是一封關於我思念已過世的母親的信，不可置信地，短短的時間內我的泰語可以進步得如此之多，這應該是Somsak老師的教材及專業又用心的授課的關係吧！

Somsak老師要出書了，真的很替他開心，這是老師很細心編寫而成的作品，希望能讓想學習泰語的朋友，能更有效率地學習泰語。這本書從字母教學開始、再到聲調發音、還有基礎單字學習，都安排得非常好。最後也期待老師的泰語書能夠大賣，能造福更多想學習泰語的朋友來學習喔！

魔力直排輪教練

張奇權

2019.7.26

P.S. 最後附上我寫給我媽媽的泰語書信連結：
http://www.facebook.com./notes/jacky-chen/ผมอยากพูดให้แม่ฟัง/10156191308201242/

學生推薦 2

在我大學畢業，第一次接觸到泰國時就喜歡上它了，回國後就開始尋找學習泰語的資訊，很幸運在救國團的課程上，上到老師的課，跟老師一起學習，因為老師的專業和熱忱，讓我愛上了泰語。如果你和我一樣，不想只是當個走馬看花的觀光客，或是只能用英語跟泰國人雞同鴨講的話，那麼你一定要擁有這本書來學習泰語，因為用當地的語言和泰國人對談，才更能深入了解泰國的生活。且讓我們更快進入泰語的國度，享受泰語的曼妙，說不定還有機會結交及認識許多泰國的新朋友。總而言之，我一定要向大家推薦這一本書，這是一本值得學習的好書，對泰國及泰語有興趣的你們，千萬不能錯過喔！

採購人員

麗雯

2019.6.30

學生推薦 3

想打好泰語基礎，那這本書會是好的選擇！

สมศักดิ์老師長年居臺，說流利中文不在話下，更有教學泰語多年的經驗，因此能編出適合學習的教材。

內容由淺至深，淺顯易懂，讓讀者能循序漸進地完成學習，就算是初學者也不用擔心太困難，《泰語起步走1》是一本很棒的泰語學習書籍。

電腦資訊人員

方楚

2019.6.30

本書特色及學前提要

1. 泰語是拼音文字組合而成，每個音節的基本結構可能包含以下幾種情形：
   (1) 聲母＋韻母＋聲調＋結尾音
   (2) 聲母＋韻母＋結尾音
   (3) 聲母＋韻母＋聲調
   (4) 聲母＋韻母

2. 本書的編寫順序是讓初學者先熟練每一個泰文聲母之字形及發音，並例舉常用單字來配合學習，接著是韻母之字形及發音，在《泰語起步走2》，就會帶入韻母與聲母的拼音練習，循序漸進，配合初學者的學習心理，自然而然地學泰語。

3. 為幫助初學者更容易發出正確讀音，本書的音標，除了標示羅馬拼音之外，並輔以容易辨讀的中文注音符號，但是有些字詞找不到適當或近似的中文發音，僅以羅馬音標標註。不論如何，學習者一定要跟著MP3讀，才能發出最正確的讀音。

4. 練習拼音是學好泰語的不二法門，要不斷地練習拼音，熟能生巧，才能使發音正確。因此，本書為使初學者熟悉泰語拼音的技巧，提供了初學者基本的聲韻調口訣，如下：

聲	韻	調	聲韻調口訣	例字
中音聲母	長音韻母	泰文第 1 聲	中 長 1 聲	กา
	短音韻母	泰文第 2 聲	中 短 2 聲	กะ
高音聲母	長音韻母	泰文第 5 聲	高 長 5 聲	ขา
	短音韻母	泰文第 2 聲	高 短 2 聲	ขะ
低音聲母	長音韻母	泰文第 1 聲	低 長 1 聲	คา
	短音韻母	泰文第 4 聲	低 短 4 聲	คะ

5. 泰語聲調有5個音、4個符號，初學者可能對聲調的發音不太熟悉，因此本書為使初學者能以接近原母語的學習基礎學習，特將泰語聲調的發音與華語聲調的發音聲調比較列出如下：

泰語（符號）	第1聲（無符號）	第2聲（◌่）	第3聲（◌้）	第4聲（◌๊）	第5聲（◌๋）
華語	第1聲 ㄍㄚ	第3聲 ㄍㄚˇ	第4聲 ㄍㄚˋ	無對應華語聲調	第2聲 ㄍㄚˊ
本書使用的音標	無音標	ˇ	ˋ	~	ˊ

6. 本書從介紹韻母的單元起所使用的「◌」符號，會與韻母放在一起，均代表任何一個聲母。

7. 為使初學者熟習泰語文字的組合，會在每個組成音節的聲母以特別色處理，以方便初學者快速辨識聲母，幫助拼音，例如：

ตา ㄉㄚ

< ta>

外公 / 眼睛

8. 請留意，泰文句子的寫法，在字詞之間是不會有空格的，但為了幫助初學者拼音，本書在每一個語詞之間空了一格，以方便初學者更容易辨識字詞來練習拼音，例如：

อา ทา ยา ขา ลา 叔叔（姑姑）在驢的腳塗上藥。

<ar> <ta> <ya> <kha´> <la >

<ㄚ> <ㄊㄚ> <ㄧㄚ> <ㄎㄚˊ> <ㄌㄚ>

9. 本書為使初學者熟習泰語文字的組合，會在每個組成音節的「聲母」以特別色處理，例如อา，讓初學者不會把聲母和韻母混淆，更方便初學者快速辨識聲母，幫助拼音。

10. 綜合以上8、9的特點，本書先把長長的泰文句子的每個詞語分開來，再配合書中提供音節的4大基本結構（包括聲母、韻母、聲調及結尾音）來進行拼音，初學者就可以很容易將泰文原本連成長長一串的文字，拆開成一個一個有意義的單字了。只要多練習分解單字，初學者就不會對泰文長長一串字感到恐懼了。

11. MP3錄音檔均由筆者親自錄製，請初學者仔細對照課本聆聽，同時多練習跟著讀，增進聽、説、讀的能力。

12. 泰語聲母的筆順非常重要，許多聲母的筆畫有圓圈，看似相同的聲母卻有不同方向的圓圈，例如：ด及ฅ是不同的兩個聲母。ด的圓圈是順時鐘圓圈，而ฅ的圓圈是逆時鐘的圓圈，在書寫的時候一定要特別留意。

13. 本書特別提供聲母及韻母練習書寫的空間，但仍希望初學者額外自行多加練習書寫，這是學習任何語文必備的條件。（任何有畫橫線的筆記本都適用）

14. 本書除了單字的拼音、語詞及句子練習之外，並加入常用的生活會話，希望初學者有更多的機會可以練習説説生活的用語，才能學以致用。此外，本書也編入一些令讀者十分感興趣的泰國文化介紹，讓泰語的學習更加多元豐富。

如何使用本書

第一章 泰文聲母 พยัญชนะไทย

學好最基礎的 44 個聲母！

貼心的羅馬拼音、注音音標

為了讓初學者能順利發出泰語發音，並降低學習障礙，泰語皆標示了羅馬拼音。若發音能以注音符號表示，也會一併標示出來。

作者親錄標準泰語

全書聲母、韻母，及相關語詞、句子、情境會話等，皆由作者親錄標準泰語發音，讓你由聽而說，都是標準的泰語！

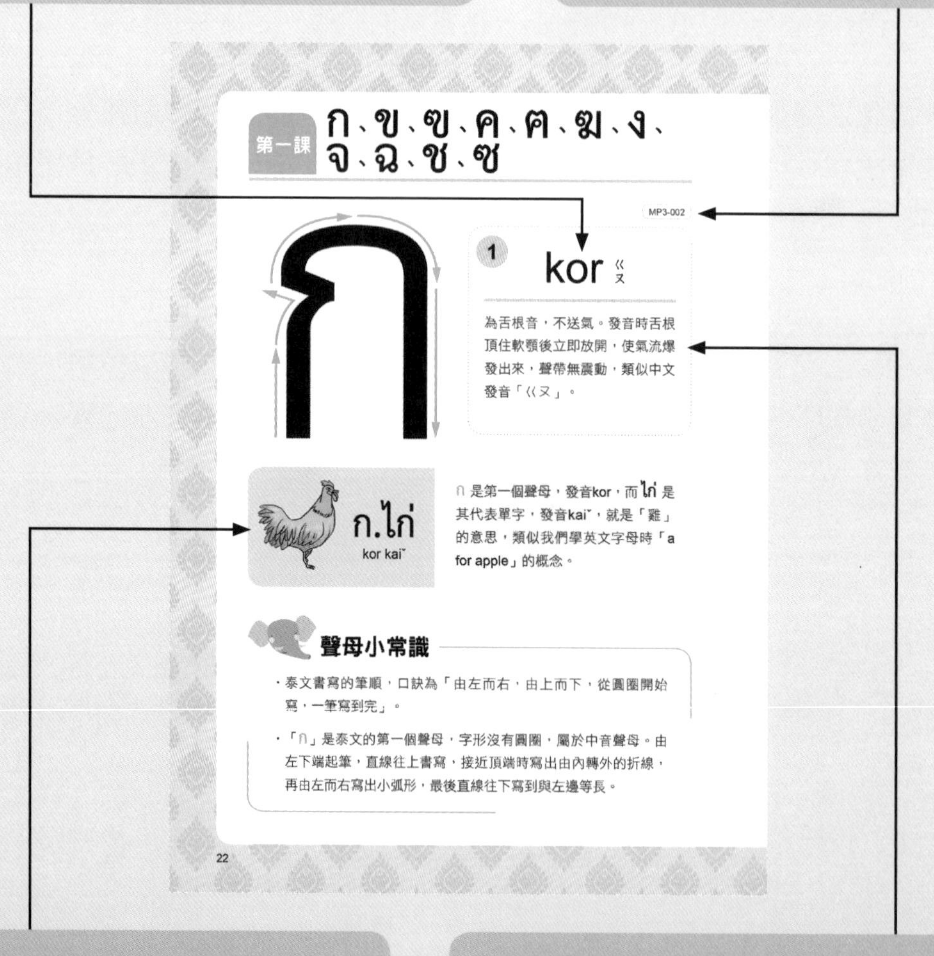

第一課 ก、ข、ฃ、ค、ฅ、ฆ、ง、จ、ฉ、ช、ซ

MP3-002

1 kor ㄍㄡ

為舌根音，不送氣。發音時舌根頂住軟顎後立即放開，使氣流爆發出來，聲帶無震動，類似中文發音「ㄍㄡ」。

ก.ไก่
kor kai˜

ก 是第一個聲母，發音kor，而 ไก่ 是其代表單字，發音kai˜，就是「雞」的意思，類似我們學英文字母時「a for apple」的概念。

聲母小常識

・泰文書寫的筆順，口訣為「由左而右，由上而下，從圓圈開始寫，一筆寫到完」。

・「ก」是泰文的第一個聲母，字形沒有圓圈，屬於中音聲母。由左下端起筆，直線往上書寫，接近頂端時寫出由內轉外的折線，再由左而右寫出小弧形，最後直線往下寫到與左邊等長。

22

聲母代表單字

泰國官方為幫助快速記憶聲母發音，而特別訂定的代表單字，本書當然也不缺漏！

發音方法與部位

要念對泰語，除了仔細聆聽音檔外，本書更說明了每個聲母的發音位置與方法，學習發音更加容易！

習寫泰語、增強記憶

邊寫邊記一向是有效的學習策略。本書每個聲母的筆順以箭頭、文字敘述表示，並提供習寫練習，泰語書寫能力一起習得！

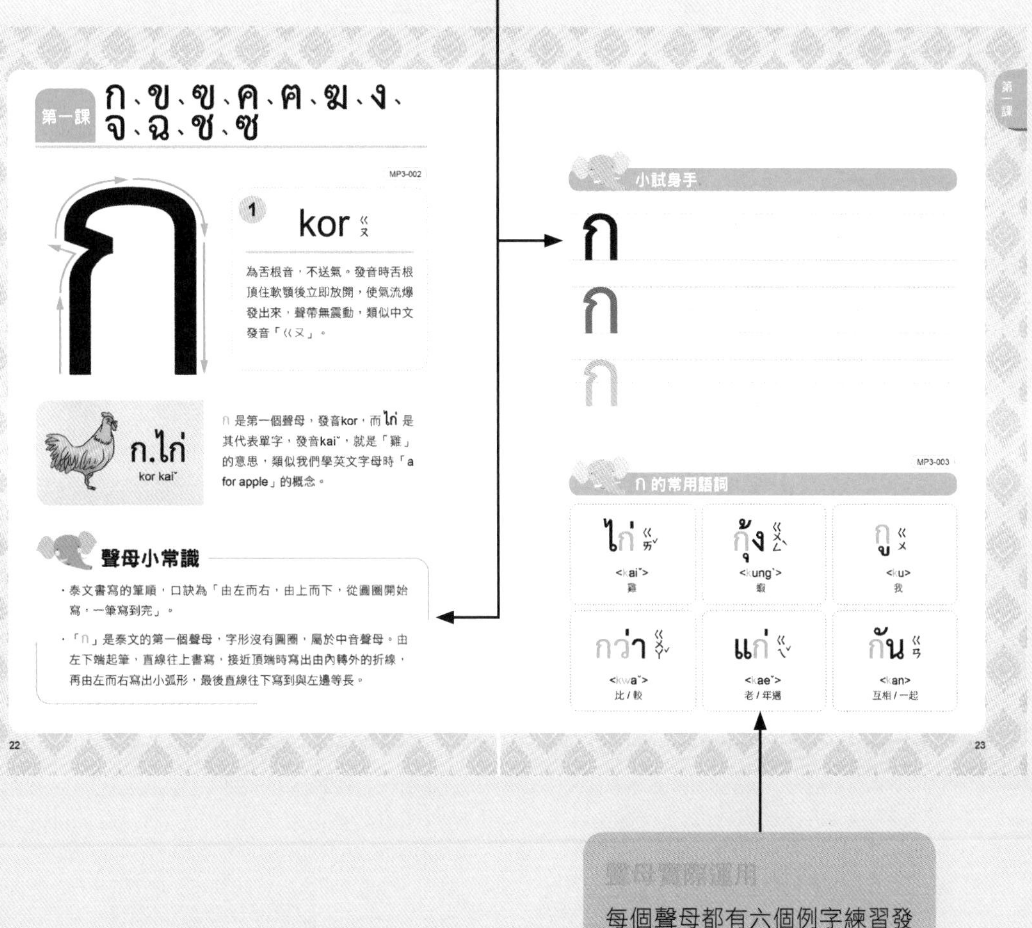

第一課 ก、ข、ฃ、ค、ฅ、ฆ、ง、จ、ฉ、ช、ซ

MP3-002

1 kor ㄍㄡ

為舌根音，不送氣。發音時舌根頂住軟顎後立即放開，使氣流爆發出來，聲帶無震動，類似中文發音「ㄍㄡ」。

ก.ไก่
kor kai˘

ก 是第一個聲母，發音kor，而 ไก่ 是其代表單字，發音kai˘，就是「雞」的意思，類似我們學英文字母時「a for apple」的概念。

聲母小常識

- 泰文書寫的筆順，口訣為「由左而右，由上而下，從圓圈開始寫，一筆寫到完」。
- 「ก」是泰文的第一個聲母，字形沒有圓圈，屬於中音聲母。由左下端起筆，直線往上書寫，接近頂端時寫出由內轉外的折線，再由左而右寫出小弧形，最後直線往下寫到與左邊等長。

22

小試身手

ก
ก
ก

MP3-003

ก 的常用語詞

ไก่ ㄍㄞˇ <kai˘> 雞	กุ้ง ㄍㄨㄥˋ <kung`> 蝦	กู ㄍㄨ <ku> 我
กว่า ㄍㄨㄚˇ <kwa˘> 比／較	แก่ ㄍㄝˇ <kae˘> 老／年邁	กัน ㄍㄢ <kan> 互相／一起

23

聲母實際運用

每個聲母都有六個例字練習發音，充分的練習，是完美發音的基礎！

第二章　泰文韻母 สระไทย

用簡潔的文字，說明韻母！

二 韻母的發音

（一）單音韻母總共18個　MP3-104

	長音	音標／類似中文發音		短音	音標／類似中文發音
1	◌า	ar / ㄚ	2	◌ะ	a / ㄚ˙
3	◌ี	ee / ㄧ	4	◌ิ	i / ㄧ˙
5	◌ื	ue / 無對應	6	◌ึ	ue / 無對應
7	◌ู	oo / ㄨ	8	◌ุ	u / ㄨ˙
9	เ◌	e / ㄟ	10	เ◌ะ	e / ㄟ˙
11	แ◌	ae / ㄝ	12	แ◌ะ	ae / ㄝ˙
13	โ◌	o / ㄡ	14	โ◌ะ	oe / 無對應
15	◌อ	or / ㄛ	16	เ◌าะ	oa / ㄛ˙
17	เ◌อ	er / ㄜ	18	เ◌อะ	er / ㄜ˙

134

快速認識泰文韻母

本書第二章用最精簡的篇幅，帶你認識泰文韻母。用羅馬拼音或注音符號標音，快速掌握韻母發音！

目 次

第一章

泰文聲母

พยัญชนะไทย

第一課 ก、ข、ฃ、ค、ฅ、ฆ、ง、จ、ฉ、ช、ซ

第二課 ฌ、ญ、ฎ、ฏ、ฐ、ฑ、ฒ、ณ、ด、ต、ถ

第三課 ท、ธ、น、บ、ป、ผ、ฝ、พ、ฟ、ภ、ม

第四課 ย、ร、ล、ว、ศ、ษ、ส、ห、ฬ、อ、ฮ

第五課 中音聲母、高音聲母、低音聲母

泰文聲母介紹

泰文聲母（พยัญชนะไทย）共有44個字。

MP3-001

บ ป ผ ฝ พ
ฟ ภ ม ย ร
ล ว ศ ษ ส
ห ฬ อ ฮ

ก	ข	ฃ	ค	ฅ
ฆ	ง	จ	ฉ	ช
ซ	ฌ	ญ	ฎ	ฏ
ฐ	ฑ	ฒ	ณ	ด
ต	ถ	ท	ธ	น
บ	ป	ผ	ฝ	พ
ฟ	ภ	ม	ย	ร
ล	ว	ศ	ษ	ส
ห	ฬ	อ	ฮ	

บันทึก 筆記

第一課 ก、ข、ฃ、ค、ฅ、ฆ、ง、จ、ฉ、ช、ซ

MP3-002

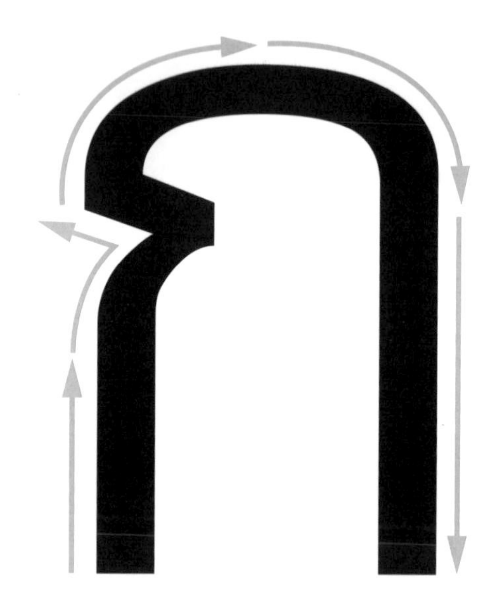

1 kor ㄍㄡ

為舌根音，不送氣。發音時舌根頂住軟顎後立即放開，使氣流爆發出來，聲帶無震動，類似中文發音「ㄍㄡ」。

ก 是第一個聲母，發音kor，而 ไก่ 是其代表單字，發音kaiˇ，就是「雞」的意思，類似我們學英文字母時「a for apple」的概念。

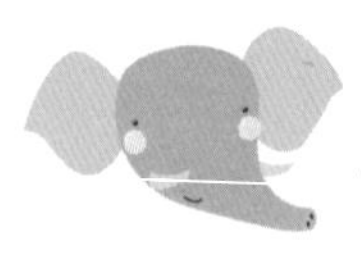

聲母小常識

- 泰文書寫的筆順，口訣為「由左而右，由上而下，從圓圈開始寫，一筆寫到完」。
- 「ก」是泰文的第一個聲母，字形沒有圓圈，屬於中音聲母。由左下端起筆，直線往上書寫，接近頂端時寫出由內轉外的折線，再由左而右寫出小弧形，最後直線往下寫到與左邊等長。

小試身手

ก

ก

ก

MP3-003

ก 的常用語詞

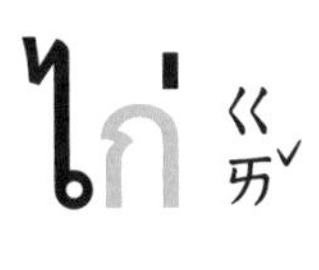 ㄍㄞˇ <kaiˇ> 雞	 ㄍㄨㄥˋ <kung`> 蝦	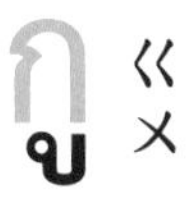 ㄍㄨ <ku> 我
กว่า ㄍㄨㄚˇ <kwaˇ> 比 / 較	แก่ ㄍㄟˇ <kaeˇ> 老 / 年邁	กัน ㄍㄢ <kan> 互相 / 一起

MP3-004

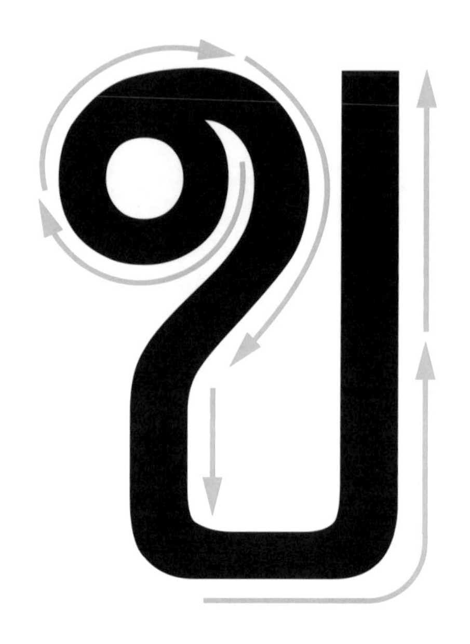

2 k^hor´ ㄎㄛˊ

發音時聲帶無震動，利用舌根阻擋氣流再送氣，氣流從口腔爆發出來，類似中文發音「ㄎㄛ ˊ」。

ข 是第二個聲母，發音kʰor´，而 ไข่ 是其代表單字，發音kʰaiˇ，就是「蛋」的意思，類似我們學英文字母時「b for book」的概念。

聲母小常識

- 泰文書寫的筆順，口訣為「由左而右，由上而下，從圓圈開始寫，一筆寫到完」。
- 「ข」是泰文的第二個聲母，字形有圓圈，屬於高音聲母。圓圈是順時鐘書寫後，直線往下，寫到下端後往右邊畫短橫線，再豎折往上寫到與圓頂等高。

小試身手

ข

ข

ข

MP3-005

ข 的常用語詞

ไข่ ㄎㄞˇ <kʰaiˇ> 蛋	ขา ㄎㄚˊ <kʰaˊ> 腳	ข่าว ㄎㄠˇ <kʰaoˇ> 新聞 / 消息
ข้าง ㄎㄤˋ <kʰangˋ> 邊 / 面 / 頭	ไข่ดาว ㄎㄞˇ ㄉㄠ <kʰaiˇ dao> 荷包蛋	ข้าว ㄎㄠˋ <kʰaoˋ> 飯

MP3-006

3 k^{h}or´ ㄎㄛˊ

發音時聲帶無震動，利用舌根阻擋氣流再送氣，氣流從口腔爆發出來，類似中文發音「ㄎㄛˊ」。

ฃ. ขวด

k^{h}or´ k^{h}uadˇ

ฃ 是第三個聲母，發音k^{h}or´，而 **ขวด** 是其代表單字，發音k^{h}uadˇ，就是「瓶子」的意思，類似我們學英文字母時「b for book」的概念。

聲母小常識

- 泰文書寫的筆順，口訣為「由左而右，由上而下，從圓圈開始寫，一筆寫到完」。
- 「ฃ」是泰文的第三個聲母，字形有圓圈，屬於高音聲母。圓圈是順時鐘書寫，接近頂端時寫出「V」形的折線後，弧線再轉直線往下，寫到下端後往右邊畫短橫線，再豎折往上寫到與圓頂等高。
- **目前此聲母已廢除，不再使用了，因發音與前一個聲母「ข」相同，故以「ข」代替。**

小試身手

ฃ

MP3-007

ข（ฃ）的常用語詞

ขวดยา <k^huadˇ ya> 藥瓶	ขวด <k^huadˇ> 瓶子	ขวดเหล้า <k^huadˇ lao`> 酒瓶
ขวดแก้ว <k^huadˇ kaeo`> 玻璃瓶	ขวดนม <k^huadˇ nom> 奶瓶	ขวดน้ำ <k^huadˇ nam~> 水瓶

MP3-008

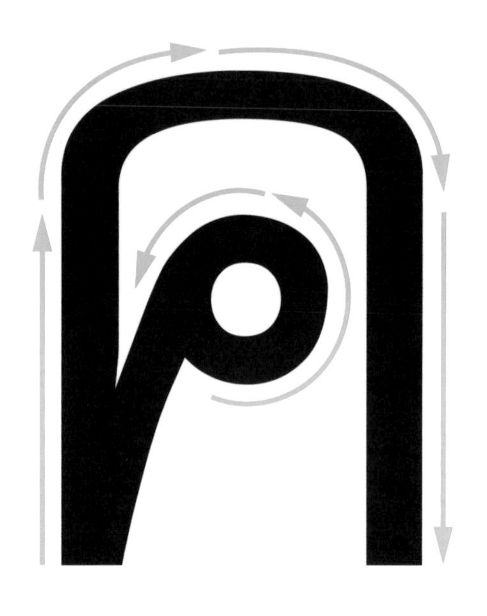

4 kʰor ㄎㄛ

發音時聲帶無震動，利用舌根阻擋氣流再送氣，氣流從口腔爆發出來，類似中文發音「ㄎㄛ」。

ค 是第四個聲母，發音kʰor，而 **ควาย** 是其代表單字，發音kʰwai，就是「水牛」的意思，類似我們學英文字母時「b for book」的概念。

聲母小常識

- 泰文書寫的筆順，口訣為「由左而右，由上而下，從圓圈開始寫，一筆寫到完」。
- 「ค」是泰文的第四個聲母，字形有圓圈，屬於低音聲母。圓圈是逆時鐘書寫後，左斜往下，寫到下端後再折回往上寫，接近頂端時由左而右寫出小弧形後，再直線往下寫到與左邊等長。

小試身手

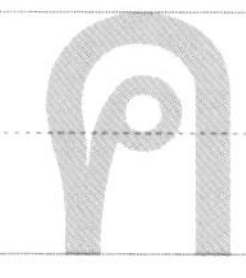

MP3-009

ค 的常用語詞

ค้า ㄎㄚ~	คอ ㄎㄛ	คู่ ㄎㄨˋ
<k^{h}a~>	<k^{h}or>	<k^{h}oo`>
銷售 / 販賣	脖子	偶數 / 雙
เคียว ㄎㄧㄠ	ค่ะ ㄎㄚˋ	คั่ว ㄎㄨㄛˋ
<k^{h}iao>	<k^{h}a`>	<k^{h}ua`>
鐮刀	女生的敬語	乾炒

MP3-010

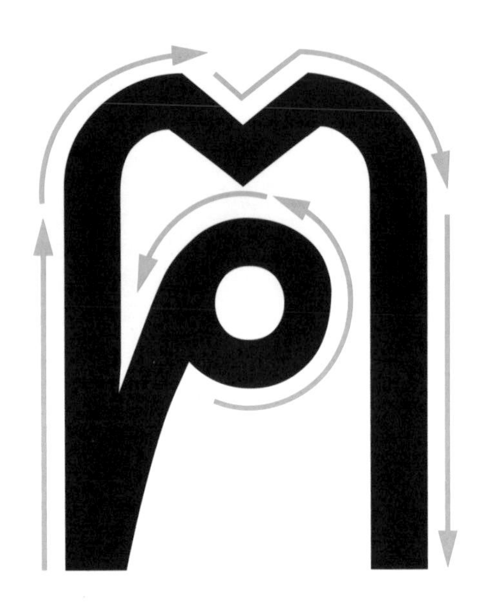

5

k^hor ㄎㄛ

發音時聲帶無震動，利用舌根阻擋氣流再送氣，氣流從口腔爆發出來，類似中文發音「ㄎㄛ」。

ฅ 是第五個聲母，發音k^hor，而 **คน** 是其代表單字，發音k^hon，就是「人」的意思，類似我們學英文字母時「b for book」的概念。

聲母小常識

- 泰文書寫的筆順，口訣為「由左而右，由上而下，從圓圈開始寫，一筆寫到完」。
- 「ฅ」是泰文的第五個聲母，字形有圓圈，屬於低音聲母。圓圈是逆時鐘書寫後，左斜往下，寫到下端後再折回往上寫，接近頂端時寫出「V」形的折線後，弧線再轉直線往下寫到與左邊等長。
- **目前此聲母已廢除，不再使用了，因發音與前一個聲母「ค」相同，故以「ค」代替。**

小試身手

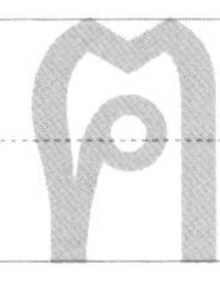

MP3-011

ค（ฅ）的常用語詞

คนไทย ㄎㄨㄣ ㄊㄞ <kʰon tʰai> 泰國人	คนจีน ㄎㄨㄣ ㄐㄧㄣ <kʰon jeen> 中國人	คนแก่ ㄎㄨㄣ ㄍㄟˇ <kʰon kaeˇ> 老人
คนไข้ ㄎㄨㄣ ㄎㄞˋ <kʰon kʰaiˋ> 病人	คนขับ <kʰon kʰabˇ> 司機	คนงาน <kʰon ngan> 工人

MP3-012

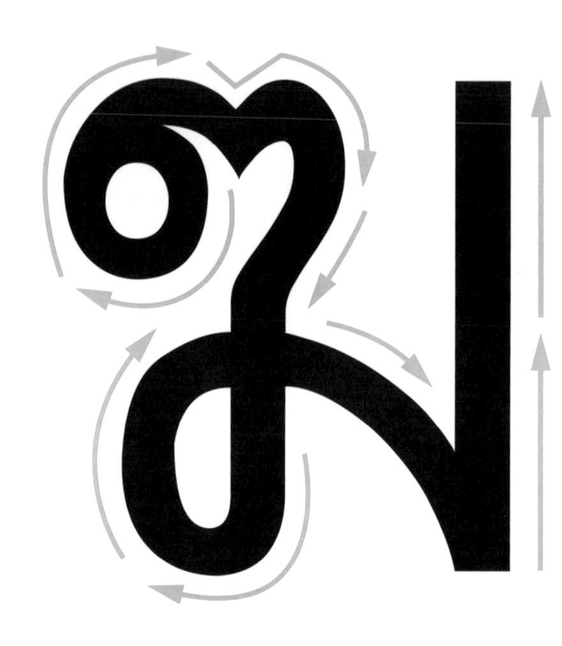

6 k^hor ㄎㄛ

發音時聲帶無震動，利用舌根阻擋氣流再送氣，氣流從口腔爆發出來，類似中文發音「ㄎㄛ」。

ฆ 是第六個聲母，發音k^hor，而 **ระฆัง** 是其代表單字，發音ra~ k^hang，就是「鐘」的意思，類似我們學英文字母時「b for book」的概念。

聲母小常識

- 泰文書寫的筆順，口訣為「由左而右，由上而下，從圓圈開始寫，一筆寫到完」。
- 「ฆ」是泰文的第六個聲母，字形有圓圈，屬於低音聲母。圓圈是順時鐘書寫，接近頂端時寫出「V」形的折線後，弧線再轉直線往下，到下端後寫出順時鐘的圓圈往右下邊，再折返往上寫直線到與圓頂等高。

小試身手

MP3-013

ฆ 的常用語詞

เฆี่ยน ㄎㄧㄢˋ <k^{h}ian`> 鞭打	โฆษก <k^{h}o sokˇ> 發言人	ฆาตกร <k^{h}ad` taˇ korn> 殺人兇手
ฆาตกรรม <k^{h}ad` taˇ kam> 兇殺	ระฆัง <ra~ k^{h}ang> 鐘	โฆษณา <k^{h}od` saˇ na> 宣傳 / 廣告

MP3-014

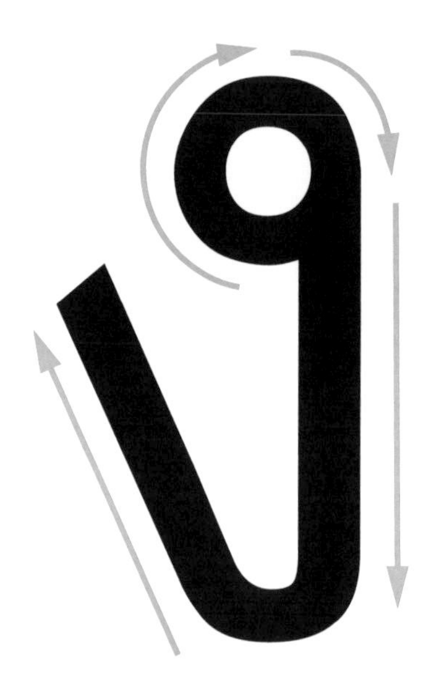

7 ngor

鼻音，發音時利用舌頭往後靠，和緊縮前突的喉壁相接近，摩擦後發出聲音，類似英文發音「ngor」。

ง 是第七個聲母，發音ngor，而 งู 是其代表單字，發音ngoo，就是「蛇」的意思，類似我們學英文字母時「b for book」的概念。

聲母小常識

- 泰文書寫的筆順，口訣為「由左而右，由上而下，從圓圈開始寫，一筆寫到完」。
- 「ง」是泰文的第七個聲母，字形有圓圈，屬於低音聲母。圓圈是順時鐘書寫後，直線往下，寫到下端後再以約三十度角從右下往左上斜勾，寫到與圓圈起點等高。

小試身手

ง

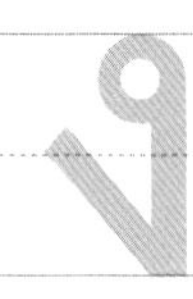

MP3-015

ง 的常用語詞

งาน <ngan> 工作	งาม <ngam> 美麗 / 好看	ง่าย <ngai`> 簡單
งา <nga> 芝麻 / 象牙	เงา <ngao> 影子	เงียบ <ngiab`> 安靜

MP3-016

8 jor ㄓㄛ

舌面阻擋氣，發音時利用舌面前部貼住硬顎，同時用舌尖頂住齒齦，使氣流從舌面前部跟硬顎間摩擦出來，聲帶無震動，類似中文發音「ㄓㄛ」。

จ. จาน

jor jan

จ 是第八個聲母，發音jor，而 **จาน** 是其代表單字，發音jan，就是「盤子」的意思，類似我們學英文字母時「b for book」的概念。

聲母小常識

- 泰文書寫的筆順，口訣為「由左而右，由上而下，從圓圈開始寫，一筆寫到完」。
- 「จ」是泰文的第八個聲母，字形有圓圈，屬於中音聲母。圓圈是順時鐘書寫後，右斜往下，寫到底端後再返回往上寫直線，接近頂端時由右而左寫出小弧形。

小試身手

MP3-017

จ 的常用語詞

จะ ㄓㄚˇ <jaˇ> 將 / 要 / 將要	เจอ ㄓㄜ <jer> 遇見 / 碰見 / 逢	จำ <jam> 記住 / 記憶
ใจ ㄓㄞ <jai> 心 / 心意 / 心腸	เจ้า ㄓㄠˋ <jao`> 君主 / 長官 / 神	ใจดี ㄓㄞ ㄉㄧ <jai dee> 好心

MP3-018

9 cʰor´ ㄔㄛˊ

利用舌尖阻擋後面的氣流，發音時送氣，類似中文發音「ㄔㄛ ˊ」。

ฉ 是第九個聲母，發音cʰor´，而 **ฉิ่ง** 是其代表單字，發音cʰingˇ，就是「鈸」的意思，類似我們學英文字母時「b for book」的概念。

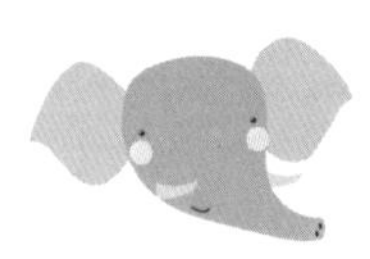

聲母小常識

- 泰文書寫的筆順，口訣為「由左而右，由上而下，從圓圈開始寫，一筆寫到完」。
- 「ฉ」是泰文的第九個聲母，字形有圓圈，屬於高音聲母。圓圈是順時鐘書寫後，直線往下，寫到下端後以約四十五度角往右上方勾後，再順時鐘寫出圓圈，接著直線往上，接近頂端時由右而左寫出小弧形。

小試身手

ฉ

ฉ

ฉ

MP3-019

ฉ 的常用語詞

ฉก ㄔㄛˋ ㄎ˙	ฉ้อ ㄔㄛˋ	ฉะนั้น ㄔㄚˇ ㄋㄢ~
<chokˇ>	<chorˋ>	<chaˇ nan~>
搶奪 / 搶劫	詐騙 / 騙取	那樣 / 因此
ฉาก ㄔㄚˇ ㄎ˙	ฉี่ ㄑㄧˇ	ฉีก ㄑㄧˇ ㄎ˙
<chakˇ>	<cheeˇ>	<cheekˇ>
幕 / 幔	小便	撕開

MP3-020

10 c^hor ㄔㄛ

利用舌尖阻擋後面的氣流，發音時送氣，類似中文發音「ㄔㄛ」。

ช 是第十個聲母，發音c^hor，而 **ช้าง** 是其代表單字，發音c^hang~，就是「大象」的意思，類似我們學英文字母時「b for book」的概念。

聲母小常識

- 泰文書寫的筆順，口訣為「由左而右，由上而下，從圓圈開始寫，一筆寫到完」。
- 「ช」是泰文的第十個聲母，字形有圓圈，屬於低音聲母。圓圈是順時鐘書寫後，直線往下，寫到下端後往右邊畫短橫線，再豎折往上，接近頂端時寫出由內轉外的折線後，再寫出往上撇的短斜線。

小試身手

MP3-021

ช 的常用語詞

ช่ง ㄔㄤˋ <c^hang`> 秤	ช่ว ㄔㄨㄛˋ <c^hua`> 惡劣	ชั้น ㄔㄢ~ <c^han~> 層 / 級 / 班
ชื่อ ㄔˋ <c^hue`> 名字	เช้า ㄔㄠ~ <c^hao~> 早晨 / 上午	ใช้ ㄔㄞ~ <c^hai~> 使用 / 運用

MP3-022

11 sor ㄙㄛ

舌尖阻擋前氣流，送氣從舌面及上齒中摩擦出來，類似中文發音「ㄙㄛ」。

ซ 是第十一個聲母，發音sor， 而 โซ่ 是其代表單字，發音so`，就是「鐵鍊」的意思，類似我們學英文字母時「b for book」的概念。

聲母小常識

- 泰文書寫的筆順，口訣為「由左而右，由上而下，從圓圈開始寫，一筆寫到完」。
- 「ซ」是泰文的第十一個聲母，字形有圓圈，屬於低音聲母。圓圈是順時鐘書寫，接近頂端時寫出「V」形的折線後，弧線再轉直線往下，寫到下端後往右邊畫短橫線，再豎折往上，接近頂端時寫出由內轉外的折線後，再寫出往上撇的短斜線。

小試身手

MP3-023

ซ 的常用語詞

ซอย ㄙㄛ ㄧ <soi> 巷子	ซ้าย ㄙㄞ~ <sai~> 左邊	ซื้อ ㄙ~ <sue~> 買
ซ้อน <sorn~> 重疊 / 重複	ซ้อม <sorm~> 練習 / 演習 / 排練	ซ่อน <sorn`> 躲 / 藏 / 隱匿

第二課 ฌ、ญ、ฎ、ฏ、ฐ、ฑ、ฒ、ณ、ด、ต、ถ

MP3-024

ฌ

12 $c^{h}or$ ㄔㄛ

利用舌尖阻擋後面的氣流，發音時送氣，類似中文發音「ㄔㄛ」。

ฌ 是第十二個聲母，發音$c^{h}or$，而 **เฌอ** 是其代表單字，發音$c^{h}er$，就是「樹」的意思，類似我們學英文字母時「b for book」的概念。

聲母小常識

- 泰文書寫的筆順，口訣為「由左而右，由上而下，從圓圈開始寫，一筆寫到完」。
- 「ฌ」是泰文的第十二個聲母，字形有圓圈，屬於低音聲母。由左側的圓圈起筆，圓圈是順時鐘書寫後，直線往上，接近頂端時寫出由內轉外的折線，再由左而右寫出小弧形，再直線往下，到下端後寫出順時鐘的圓圈，圓圈最後往右下，再折返往上寫直線到與圓頂等高。

小試身手

ณ

ณ

ณ

MP3-025

ณ 的常用語詞

เฌอ ㄔㄜ <c^{h}er> 樹木	ฌาน ㄔㄢ <c^{h}an> 禪	อัชฌาสัย <adˇ c^{h}a sai´> 性格
ฌาปน ㄔㄚ ㄅㄚˇ ㄋㄚ˙ <c^{h}a paˇ na~> 火葬	ฌาปนกิจ ㄔㄚ ㄅㄚˇ ㄋㄚ˙ ㄍㄧ <c^{h}a paˇ na~ kidˇ> 火葬（事務）	

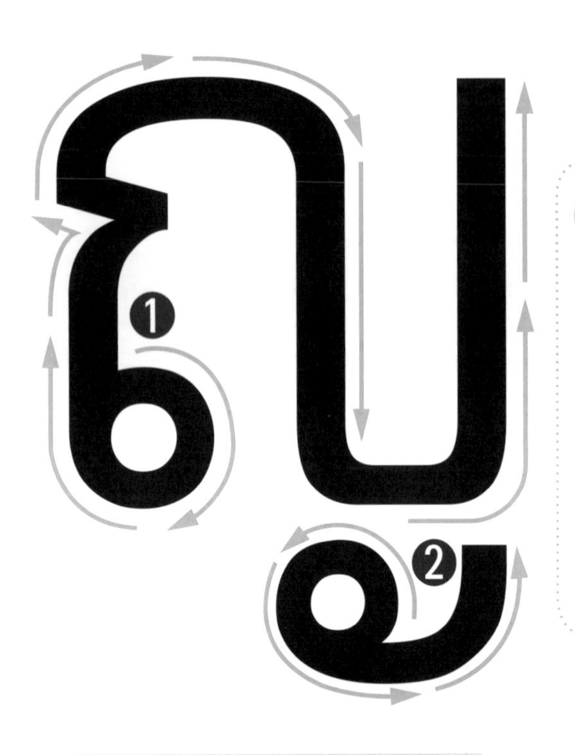

MP3-026

13

yor ㄧㄛ

發音時利用舌尖移向硬顎，讓氣流從舌面及硬顎爆發出來，類似中文發音「ㄧㄛ」。

ญ 是第十三個聲母，發音yor，而 **หญิง** 是其代表單字，發音ying´，就是「女生」的意思，類似我們學英文字母時「b for book」的概念。

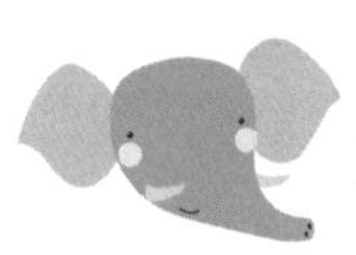

聲母小常識

- 泰文書寫的筆順，口訣為「由左而右，由上而下，從圓圈開始寫，一筆寫到完」。
- 「ญ」是泰文的第十三個聲母，字形有圓圈，屬於低音聲母。圓圈是順時鐘書寫後，直線往上，接近頂端時寫出由內轉外的折線，接著由左而右寫出小弧形，再直線往下，寫到下端後往右邊橫線，再豎折往上寫到與圓頂等高。第二筆於下端處寫出逆時鐘圓圈加上小弧形。

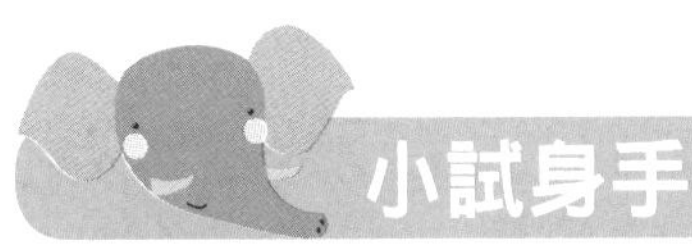

小試身手

ญ

ญ

ญ

MP3-027

ญ 的常用語詞

ญาติ <yad`> 親屬 / 親戚	ญัตติ ㄧㄚ～ㄉㄧˇ <yad~ ti˘> 議案 / 提案	หญ้า ㄧㄚˋ <ya`> 草
ญี่ปุ่น ㄧˋ ㄅㄨㄣˇ <yee` pun˘> 日本	หญิง ㄧㄥˊ <ying´> 女生	ธัญญพืช <than ya~ phued`> 稻秧

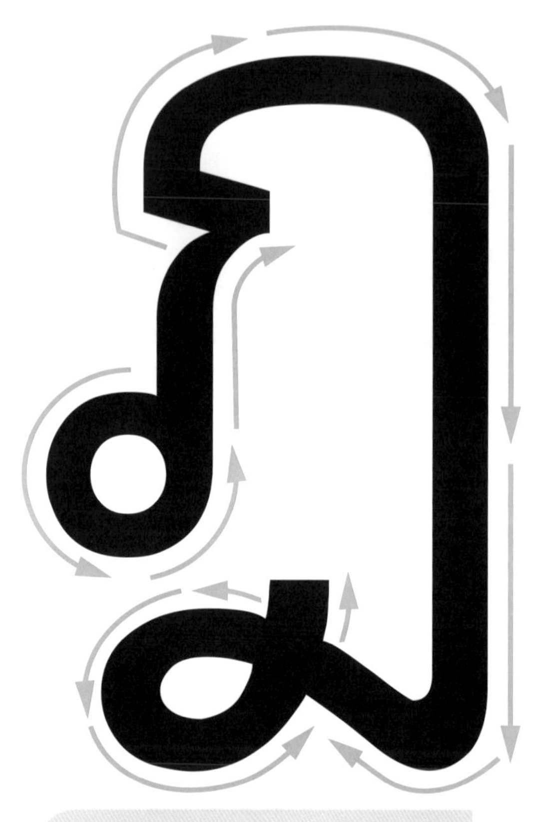

MP3-028

14 dor ㄉㄛ

利用舌尖堵住氣流，發音時將舌尖頂住上齒齦，口腔充滿氣，瞬間下移舌頭，讓氣流慢慢地發出，聲帶無震動，類似中文發音「ㄉㄛ」。

ฎ 是第十四個聲母，發音dor，而 **ชฎา** 是其代表單字，發音cʰa~ da，就是「尖頂冠」的意思，類似我們學英文字母時「a for apple」的概念。

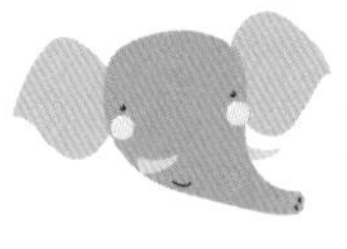

聲母小常識

- 泰文書寫的筆順，口訣為「由左而右，由上而下，從圓圈開始寫，一筆寫到完」。
- 「ฎ」是泰文的第十四個聲母，字形有圓圈，屬於中音聲母。圓圈是逆時鐘書寫後，直線往上，接近頂端時寫出由內轉外的折線，接著由左而右寫出小弧形，再直線往下，長度超過底端後以約四十五度角從右下稍微往左上勾，寫出逆時鐘圓圈，最後再向上寫出凸出的短線。

小試身手

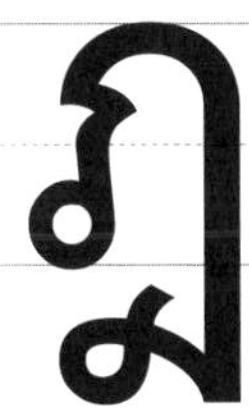

MP3-029

ฎ 的常用語詞

กฎ ㄍㄡˇ <kodˇ> 規則 / 規章	มงกุฎ ㄇㄥ ˙ㄍㄨ <mong kudˇ> 王冠	ฎีกา ㄉㄧ ㄍㄚ <dee ka> 狀紙
ราษฎร <rad` saˇ dorn> 國民	ชฎา ㄔㄚ~ ㄉㄚ <cʰa~ da> 尖頂冠	กฎบัตร <kodˇ badˇ> 憲章

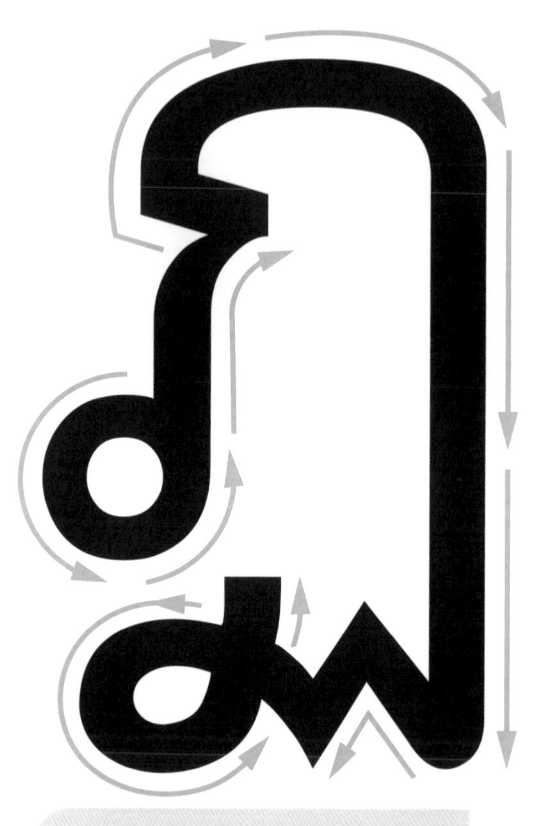

MP3-030

15 tor ㄉㄛ

利用舌尖堵住氣流，發音時將舌尖接觸上齒齦，口腔充滿氣，瞬間下移舌頭，讓氣流爆發出來，聲帶無震動，類似中文發音「ㄉㄛ」。

ฏ 是第十五個聲母，發音tor，而 **ปฏัก** 是其代表單字，發音paˇ takˇ，就是「尖棍」的意思，類似我們學英文字母時「a for apple」的概念。

聲母小常識

- 泰文書寫的筆順，口訣為「由左而右，由上而下，從圓圈開始寫，一筆寫到完」。
- 「ฏ」是泰文的第十五個聲母，字形有圓圈，屬於中音聲母。圓圈是逆時鐘書寫後，直線往上，接近頂端時寫出由內轉外的折線，接著由左而右寫出小弧形，再直線往下，長度超過底端後從右下稍微往左上畫小弧線，之後再次以約四十五度角從右下稍微往左上勾，寫出逆時鐘圓圈，最後再向上寫出凸出的短線。

小試身手

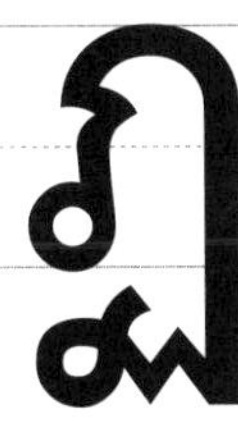

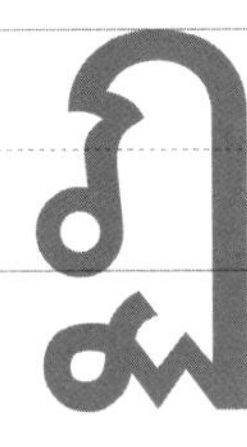

MP3-031

ฏ 的常用語詞

ปฏิกูล <paˇ tiˇ koon> 汙穢	ปฏิชีวนะ <paˇ tiˇ c^{h}ee wa~ na~> 抗生素	ปฏิเสธ <paˇ tiˇ sedˇ> 拒絕
ปฏิมา <paˇ tiˇ ma> 形象 / 雕刻	ปฏิญาณ <paˇ tiˇ yan> 宣言 / 宣誓	ปฏิคม <paˇ tiˇ k^{h}om> 招待者

MP3-032

16 t^{h}or´ ㄊㄛˊ

利用舌尖阻擋氣流，發音時氣流從口腔爆發出來，類似中文發音「ㄊㄛˊ」。

ฐ是第十六個聲母，發音t^{h}or´，而**ฐาน**是其代表單字，發音t^{h}an´，就是「壇」的意思，類似我們學英文字母時「a for apple」的概念。

聲母小常識

- 泰文書寫的筆順，口訣為「由左而右，由上而下，從圓圈開始寫，一筆寫到完」。
- 「ฐ」是泰文的第十六個聲母，字形有圓圈，屬於高音聲母。圓圈是順時鐘書寫後，右斜往下，寫到下端後再返回往上寫，接近頂端時由右而左寫出小弧形，再折回寫出第二個小弧形。第二筆於右下端處寫出順時鐘圓圈後，從右下稍微往左上勾一個弧形，再次以約四十五度角從右下稍微往左上勾，寫出逆時鐘圓圈，最後再向上寫出凸出的短線。

MP3-033

ฐ 的常用語詞

กฐิน <kaˇ tʰin´> 迦絺那衣（佛教僧侶的服裝）	พื้นฐาน <pʰuen~ tʰan´> 基礎	อูฐ ㄨˇ <oodˇ> 駱駝
อิฐ ㄧˇ <idˇ> 磚頭	ฐาน ㄊㄢˊ <tʰan´> 壇 / 台 / 座	ฐานันดร <tʰa´ nan dorn> 官階

MP3-034

17 t^{h}or ㄊㄛ

利用舌尖阻擋氣流，發音時氣流從口腔爆發出來，類似中文發音「ㄊㄛ」。

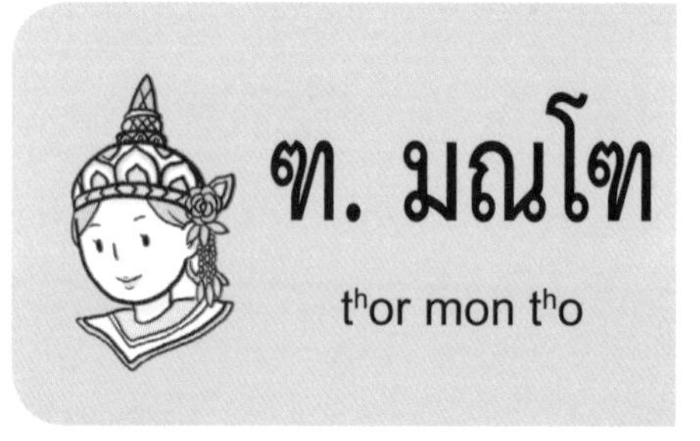

ฑ 是第十七個聲母，發音t^{h}or，而 **มณโฑ** 是其代表單字，發音mon t^{h}o，就是「曼陀」的意思，類似我們學英文字母時「a for apple」的概念。

聲母小常識

- 泰文書寫的筆順，口訣為「由左而右，由上而下，從圓圈開始寫，一筆寫到完」。
- 「ฑ」是泰文的第十七個聲母，字形有圓圈，屬於低音聲母。圓圈是順時鐘書寫，接近頂端時寫出「V」形的折線後，直線往下，再往斜右方寫到與圓頂等高後，再直線往下寫到與左邊等長。

小試身手

ฑ

ฑ

ฑ

MP3-035

ฑ 的常用語詞

มณฑล ㄇㄨㄣ ㄊㄨㄣ <mon tʰon> 省	ครุฑ <kʰrud~> 金翅鳥	บัณฑิต ㄅㄢ ㄉㄧˇ <bun didˇ> 學士
บิณฑบาต <bin tʰa~ badˇ> 化緣	มณโฑ ㄇㄨㄣ ㄊㄛ <mon tʰo> 曼陀	ครุฑี <kʰrud~ tʰee> 雌金翅鳥

MP3-036

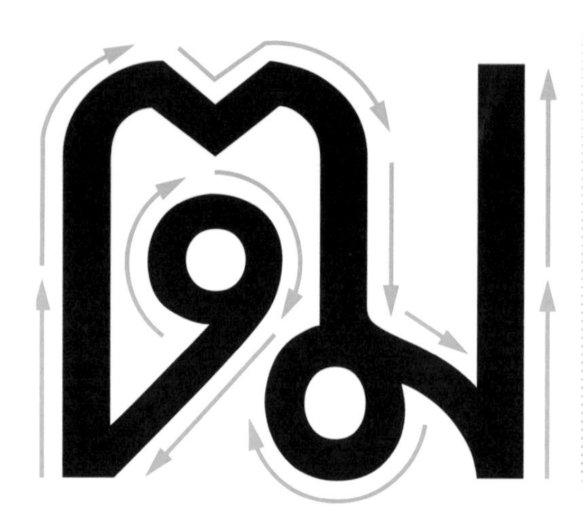

18 t^hor ㄊㄛ

利用舌尖阻擋氣流，發音時氣流從口腔爆發出來，類似中文發音「ㄊㄛ」。

ฒ 是第十八個聲母，發音t^hor，而 **ผู้เฒ่า** 是其代表單字，發音p^hoo` $t^h$ao`，就是「長者」的意思，類似我們學英文字母時「a for apple」的概念。

聲母小常識

- 泰文書寫的筆順，口訣為「由左而右，由上而下，從圓圈開始寫，一筆寫到完」。
- 「ฒ」是泰文的第十八個聲母，字形有圓圈，屬於低音聲母。圓圈是順時鐘書寫後，左斜往下，寫到下端後再折回往上寫，接近頂端時寫出「V」形的折線後，弧線再轉直線往下寫到與左邊等長，到下端後寫出順時鐘的圓圈往右下邊，再折返往上寫直線到與圓頂等高。

小試身手

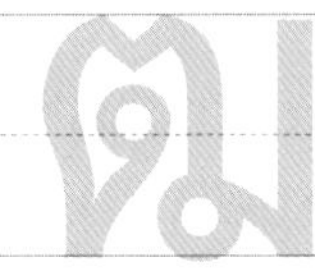

MP3-037

ฒ 的常用語詞

วัฒนา ㄨㄚ~ㄊㄚ~ㄋㄚ <wad~ t^{h}a~ na> 茂盛	เฒ่าแก่ ㄊㄠˋ ㄍㄟˇ <t^{h}ao` kaeˇ> 媒人	พัฒนากร ㄆㄚ~ㄊㄚ~ㄋㄚ ㄍㄨㄥ <p^{h}ad~ t^{h}a~ na korn> 發展者
พัฒนา ㄆㄚ~ㄊㄚ~ㄋㄚ <p^{h}ad~ t^{h}a~ na> 發展	ผู้เฒ่า ㄆㄨˋ ㄊㄠˋ <p^{h}oo` t$^h$ao`> 長者	วุฒิบัตร <wud~ t^{h}i~ badˇ> 文憑

MP3-038

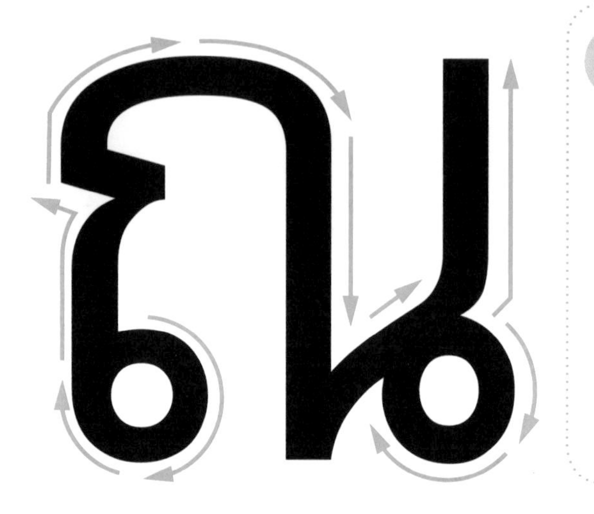

19 nor ㄋㄛ

鼻音，利用舌尖頂住齒齦，軟顎和小舌下垂，鼻腔打開，類似中文發音「ㄋㄛ」。

ณ 是第十九個聲母，發音nor，而 **เณร** 是其代表單字，發音nen，就是「小沙彌」的意思，類似我們學英文字母時「a for apple」的概念。

聲母小常識

- 泰文書寫的筆順，口訣為「由左而右，由上而下，從圓圈開始寫，一筆寫到完」。
- 「ณ」是泰文的第十九個聲母，字形有圓圈，屬於低音聲母。圓圈是順時鐘書寫後，直線往上，接近頂端時寫出由內轉外的折線，再由左而右寫出小弧形，直線往下寫到與左邊等長後，以約四十五度角從左下往右上寫出順時鐘圓圈後，直線往上，寫到與圓頂等高。

小試身手

ณ

ณ

ณ

MP3-039

ณ 的常用語詞

คุณพ่อ ㄎㄨㄣ ㄆㄛˋ <k^{h}un p^{h}or`> 爸爸	คุณ ㄎㄨㄣ <k^{h}un> 你 / 尊稱	คณะ ㄎㄚ~ ㄋㄚ~ <k^{h}a~ na~> 系 / 科
คณิต ㄎㄚ~ ㄋㄧ~ <k^{h}a~ nid~> 計算 / 數學	คุณหญิง ㄎㄨㄣ ㄧㄥˊ <k^{h}un ying´> 夫人	พาณิชย์ ㄆㄚ ㄋㄧ~ <p^{h}a nid~> 商業 / 貿易

MP3-040

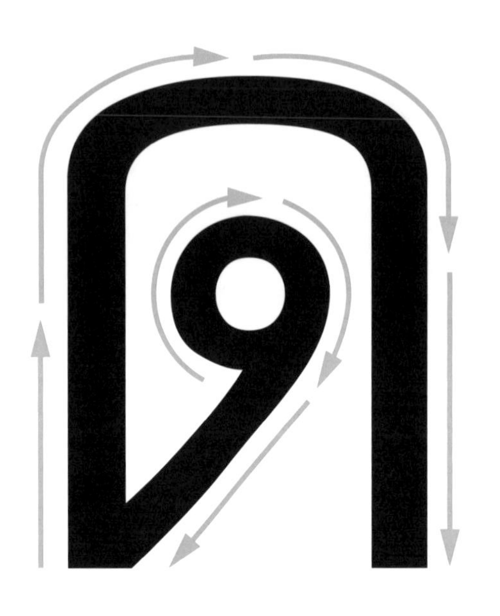

20 **dor** ㄉㄛ

利用舌尖堵住氣流，發音時將舌尖頂住上齒齦，口腔充滿氣，瞬間下移舌頭，讓氣流慢慢地發出，聲帶無震動，類似中文發音「ㄉㄛ」。

ด 是第二十個聲母，發音dor，而 **เด็ก** 是其代表單字，發音dekˇ，就是「小孩」的意思，類似我們學英文字母時「a for apple」的概念。

聲母小常識

- 泰文書寫的筆順，口訣為「由左而右，由上而下，從圓圈開始寫，一筆寫到完」。
- 「ด」是泰文的第二十個聲母，字形有圓圈，屬於中音聲母。圓圈是順時鐘書寫後，左斜往下，寫到下端後再折回往上寫，接近頂端時由左而右寫出小弧形後，再直線往下寫到與左邊等長。

小試身手

MP3-041

ด 的常用語詞

 ด่า ㄉㄚˇ <daˇ> 罵 / 責罵	ดีใจ ㄉㄧ ㄓㄞ <dee jai> 高興	ดำ <dam> 黑的
ได้ ㄉㄞˋ <dai`> 能 / 可以	เดิน ㄉㄣ <dern> 走路	เดียว ㄉㄧㄠ <diao> 一 / 單獨 / 獨一

MP3-042

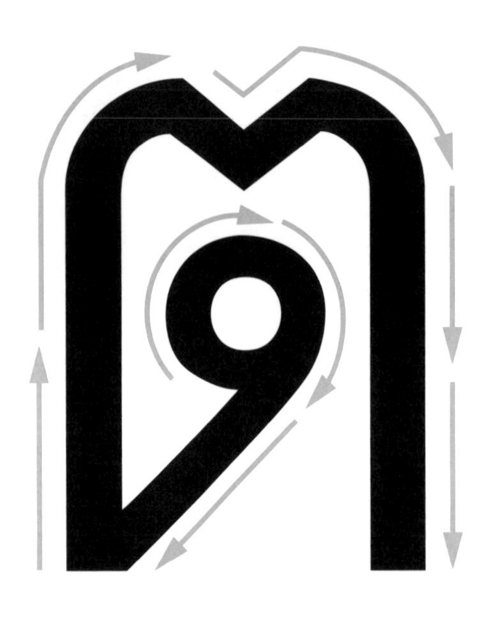

21 tor ㄉㄛ

利用舌尖堵住氣流，發音時將舌尖接觸上齒齦，口腔充滿氣，瞬間下移舌頭，讓氣流爆發出來，聲帶無震動，類似中文發音「ㄉㄛ」。

ต 是第二十一個聲母，發音tor，而 เต่า 是其代表單字，發音taoˇ，就是「烏龜」的意思，類似我們學英文字母時「a for apple」的概念。

聲母小常識

- 泰文書寫的筆順，口訣為「由左而右，由上而下，從圓圈開始寫，一筆寫到完」。
- 「ต」是泰文的第二十一個聲母，字形有圓圈，屬於中音聲母。圓圈是順時鐘書寫後，左斜往下，寫到下端後再折回往上寫，接近頂端時寫出「V」形的折線後，弧線再轉直線往下寫到與左邊等長。

小試身手

MP3-043

ต 的常用語詞

ต้ม	ต่อกัน ㄉㄛˇ ㄍㄢ	ต้อง ㄉㄨㄥˋ
<tom`> 煮 / 煎 / 燒	<torˇ kan> 相互	<torng`> 一定 / 必須
ตี ㄉㄧ	เต่า ㄉㄠˇ	เตา ㄉㄠ
<tee> 打	<taoˇ> 烏龜	<tao> 爐

MP3-044

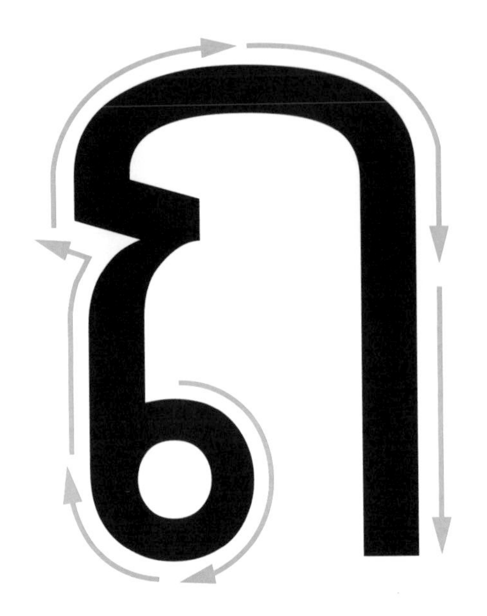

22 tʰor´ ㄊㄛˊ

利用舌尖阻擋氣流，發音時氣流從口腔爆發出來，類似中文發音「ㄊㄛˊ」。

ถ 是第二十二個聲母，發音tʰor´，而 ถุง 是其代表單字，發音tʰung´，就是「袋子」的意思，類似我們學英文字母時「a for apple」的概念。

聲母小常識

- 泰文書寫的筆順，口訣為「由左而右，由上而下，從圓圈開始寫，一筆寫到完」。
- 「ถ」是泰文的第二十二個聲母，字形有圓圈，屬於高音聲母。圓圈是順時鐘書寫後，直線往上，接近頂端時寫出由內轉外的折線，再由左而右寫出小弧形，最後直線往下寫到與左邊等長。

小試身手

MP3-045

ถ 的常用語詞

ถ้า ㄊㄚˋ <t^ha` > 如果	ถ่าน ㄊㄢˇ <t^hanˇ> 木炭	ถุงเท้า ㄊㄨㄥˊ ㄊㄠ~ <t^hung´ t^hao~> 如果
ถุง ㄊㄨㄥˊ <t^hung´> 袋子	ถัง ㄊㄤˊ <t^hang´> 桶	ถือ <t^hue´> 拿 / 提

第三課 ท、ธ、น、บ、ป、ผ、ฝ、พ、ฟ、ภ、ม

MP3-046

23 tʰor ㄊㄛ

利用舌尖阻擋氣流，發音時氣流從口腔爆發出來，類似中文發音「ㄊㄛ」。

ท. ทหาร

tʰor tʰa~ han´

ท 是第二十三個聲母，發音tʰor，而 **ทหาร** 是其代表單字，發音tʰa~ han´，就是「軍人」的意思，類似我們學英文字母時「a for apple」的概念。

聲母小常識

- 泰文書寫的筆順，口訣為「由左而右，由上而下，從圓圈開始寫，一筆寫到完」。
- 「ท」是泰文的第二十三個聲母，字形有圓圈，屬於低音聲母。圓圈是順時鐘書寫後，直線往下，再往斜右方寫到與圓頂等高後，再直線往下寫到與左邊等長。

小試身手

ท

ท

ท

MP3-047

ท 的常用語詞

เที่ยว ㄊㄧㄠˋ <tʰiao`> 旅遊 / 趟	เท่า ㄊㄠˋ <tʰao`> 相等 / 相當	ท้อง ㄊㄨㄥ~ <tʰorng~> 腹部
ทาง ㄊㄤ（拉長音） <tʰang> 路 / 途 / 道	ทาน ㄊㄢ（拉長音） <tʰan> 吃	ทำไม <tʰam mai> 為什麼

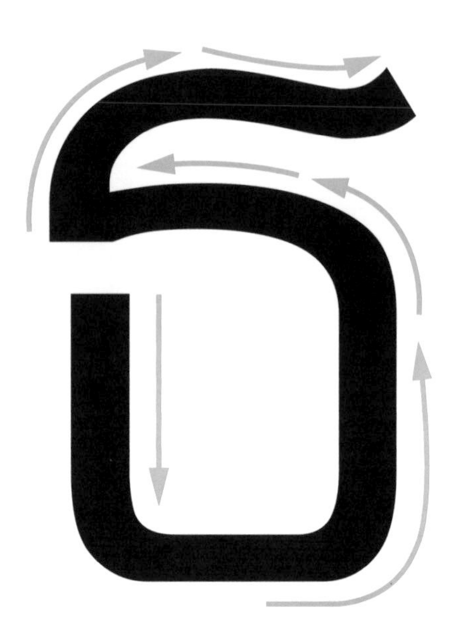

MP3-048

24 t^hor ㄊㄛ

利用舌尖阻擋氣流，發音時氣流從口腔爆發出來，類似中文發音「ㄊㄛ」。

ธ 是第二十四個聲母，發音t^hor，而 **ธง** 是其代表單字，發音t^hong，就是「旗子」的意思，類似我們學英文字母時「a for apple」的概念。

聲母小常識

- 泰文書寫的筆順，口訣為「由左而右，由上而下，從圓圈開始寫，一筆寫到完」。
- 「ธ」是泰文的第二十四個聲母，字形沒有圓圈，屬於低音聲母。由左邊的「豎」劃起筆，直線往下，寫到下端後往右邊畫短橫線，再豎折往上，接近頂端時由右而左寫出小弧形，再向上折回寫出小弧形。

小試身手

ธ

ธ

ธ

MP3-049

ธ 的常用語詞

ธรณี ㄊㄛ ㄉㄚ~ ㄋㄧ <t^hor ra~ nee> 土地 / 大地	ธรรมชาติ <t^ham ma~ c^had`> 天然	ธรรมดา <t^ham ma~ da> 一般
ธิดา ㄊㄧ~ ㄉㄚ <t^hi~ da> 女兒	ธุระ ㄊㄨ~ ㄉㄚ~ <t^hu~ ra~> 事情	ธาตุ ㄊㄚˋ <t^had`> 物質

MP3-050

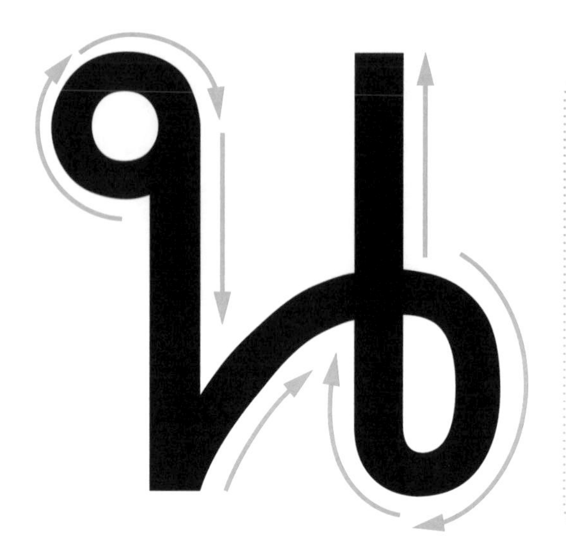

25

nor ㄋㄛ

鼻音，利用舌尖頂住齒齦，軟顎和小舌（軟顎末端懸掛處或稱「顎垂」）下垂，鼻腔打開，類似中文發音「ㄋㄛ」。

น 是第二十五個聲母，發音nor，而 **หนู** 是其代表單字，發音noo´，就是「老鼠」的意思，類似我們學英文字母時「a for apple」的概念。

聲母小常識

- 泰文書寫的筆順，口訣為「由左而右，由上而下，從圓圈開始寫，一筆寫到完」。
- 「น」是泰文的第二十五個聲母，字形有圓圈，屬於低音聲母。圓圈是順時鐘書寫後，直線往下，到底端後以約四十五度角從左下往右上寫出順時鐘圓圈後，直線往上，寫到與圓頂等高。

小試身手

น

น

MP3-051

น 的常用語詞

นมสด <nom sodˇ> 鮮奶	น้ำตาล <nam~ tan> 糖	น้อง <norng~> 弟弟 / 妹妹
นอน ㄋㄛ ㄣ <norn> 躺 / 臥	น้าชาย ㄋㄚ~ ㄔㄞ <na~ chai> 舅舅	นุ่ง ㄋㄨㄥˋ <nung`> 穿

MP3-052

26 bor

利用雙唇擋住氣流，發音時雙唇緊閉，口腔充滿氣，瞬間張開雙唇讓氣流輕輕發出，聲帶無震動，類似英文發音「bor」。

บ 是第二十六個聲母，發音bor，而 ใบไม้ 是其代表單字，發音bai mai~，就是「樹葉」的意思，類似我們學英文字母時「a for apple」的概念。

聲母小常識

・泰文書寫的筆順，口訣為「由左而右，由上而下，從圓圈開始寫，一筆寫到完」。

・「บ」是泰文的第二十六個聲母，字形有圓圈，屬於中音聲母。圓圈是順時鐘書寫後，直線往下，寫到底端後往右邊畫長橫線，再豎折往上寫到與圓頂等高。

小試身手

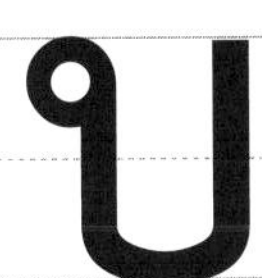

บ

บ

MP3-053

บ 的常用語詞

บัตร	บ่า	บันได
<badˇ> 卡片	<barˇ> 肩膀	<ban dai> 樓梯
บ้าง	**บ้าน**	**แบ่ง**
<bang`> 一些 / 少許	<ban`> 家	<baengˇ> 分配 / 劃分

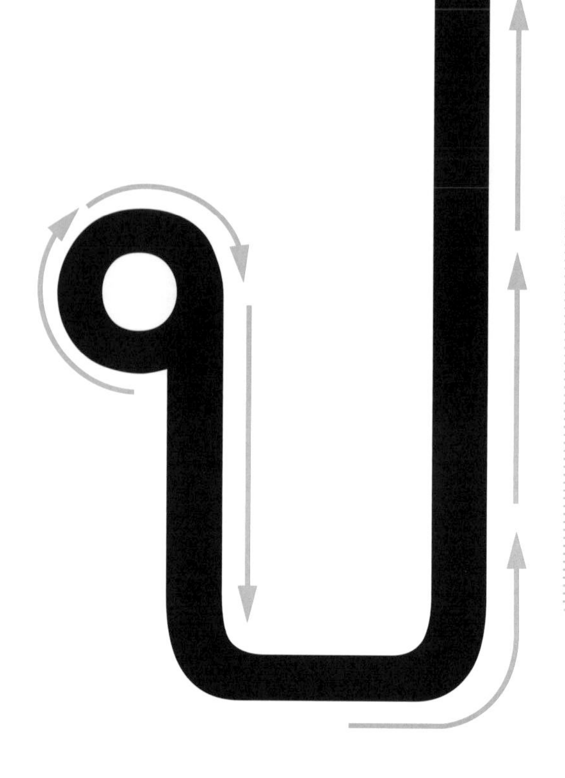

MP3-054

27

por ㄅㄛ

利用雙唇擋住氣流，發音時雙唇緊閉，口腔充滿氣，瞬間張開雙唇讓氣流猛烈發出，聲帶無震動，類似中文發音「ㄅㄛ」。

ป. ปลา

por pla

ป 是第二十七個聲母，發音por，而 **ปลา** 是其代表單字，發音pla，就是「魚」的意思，類似我們學英文字母時「a for apple」的概念。

聲母小常識

- 泰文書寫的筆順，口訣為「由左而右，由上而下，從圓圈開始寫，一筆寫到完」。
- 「ป」是泰文的第二十七個聲母，字形有圓圈，屬於中音聲母。圓圈是順時鐘書寫後，直線往下，寫到底端後往右邊畫長橫線，再豎折直線往上，長度超過左邊的圓頂。

小試身手

MP3-055

ป 的常用語詞

<plukˇ>
喚醒

<plookˇ>
種植

<plorm>
偽造

ปล่อย

<ploiˇ>
放 / 施放

ปวด

<puadˇ>
痛 / 疼

ป่วย

<puaiˇ>
生病

MP3-056

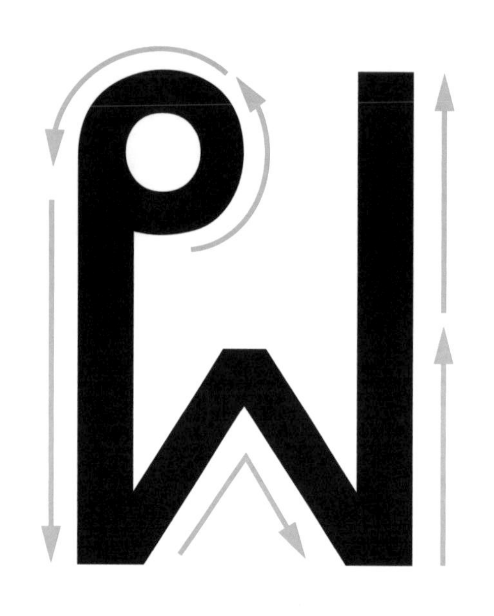

28 p^{h}or´ ㄆㄛˊ

雙唇阻擋氣後再送氣，發音時猛烈送氣，聲帶無震動，類似中文發音「ㄆㄛˊ」。

ผ 是第二十八個聲母，發音p^{h}or´，而 ผึ้ง 是其代表單字，發音p^{h}ueng`，就是「蜜蜂」的意思，類似我們學英文字母時「a for apple」的概念。

聲母小常識

- 泰文書寫的筆順，口訣為「由左而右，由上而下，從圓圈開始寫，一筆寫到完」。
- 「ผ」是泰文的第二十八個聲母，字形有圓圈，屬於高音聲母。圓圈是逆時鐘書寫後，直線往下，到底端後寫出「倒V」形的折線後，再豎折往上寫到與圓頂等高。

小試身手

ผ

MP3-057

ผ 的常用語詞

ผง ㄆㄥˊ <p^{h}ong´> 粉末	ผม <p^{h}om´> 我 / 頭髮	ผา ㄆㄚˊ <p^{h}a´> 山岩
ผ่าน ㄆㄢˇ（拉長音） <p^{h}anˇ> 通過	ผิด ˙ㄆㄧ <p^{h}idˇ> 錯誤	ผัด ˙ㄆㄚ <p^{h}adˇ> 炒

MP3-058

29 for´ ㄈㄛˊ

利用上排牙齒接觸下嘴唇，發音時將氣從中間摩擦出來，類似中文發音「ㄈㄛ ˊ」。

ฝ 是第二十九個聲母，發音for´，而 **ฝา** 是其代表單字，發音fa´，就是「蓋子」的意思，類似我們學英文字母時「a for apple」的概念。

聲母小常識

- 泰文書寫的筆順，口訣為「由左而右，由上而下，從圓圈開始寫，一筆寫到完」。
- 「ฝ」是泰文的第二十九個聲母，字形有圓圈，屬於高音聲母。圓圈是逆時鐘書寫後，直線往下，到底端後寫出「倒V」形的折線後，再豎折直線往上，長度超過左邊的圓頂。

小試身手

MP3-059

ฝ 的常用語詞

ฝรั่ง ㄈㄚˇ ㄌㄤˇ <faˇ rangˇ> 芭樂 / 西方人的不禮貌稱呼	ฝาก <fakˇ> 委託 / 寄託 / 存	ฝัง ㄈㄤˊ <fang´> 埋葬 / 嵌
ฝั่ง ㄈㄤˇ <fangˇ> 岸	ฝืน <fuen´> 違背 / 違反 / 違抗	ฝืด <fuedˇ> 不滑 / 不順 / 澀

MP3-060

30 p^{h}or ㄆㄛ

雙唇阻擋氣流，發音時瞬間送氣，聲帶無震動，類似中文發音「ㄆㄛ」。

พ 是第三十個聲母，發音p^{h}or，而 **พาน** 是其代表單字，發音p^{h}an，就是「高腳盤」的意思，類似我們學英文字母時「a for apple」的概念。

聲母小常識

- 泰文書寫的筆順，口訣為「由左而右，由上而下，從圓圈開始寫，一筆寫到完」。
- 「พ」是泰文的第三十個聲母，字形有圓圈，屬於低音聲母。圓圈是順時鐘書寫後，直線往下，到底端後寫出「倒V」形的折線，且折線的轉折處需達到頂端，之後再豎折往上寫到與圓頂等高。

小試身手

พ

พ

พ

MP3-061

พ 的常用語詞

พอง ㄆㄨㄥ <pʰorng> 膨脹	พัก ㄆㄚ ˙ㄎㄜ <pʰak~> 停 / 休息	พัง ㄆㄤ <pʰang> 崩 / 塌
พัด <pʰad~> 扇子	พิธี ㄆㄧ~ㄊㄧ <pʰi~ tʰee> 儀式	พี่ ㄆㄧˋ <pʰee`> 哥哥 / 姊姊

MP3-062

31 for ㄈㄛ

利用上排牙齒接觸下嘴唇，發音時將氣從牙齒和嘴巴兩者中間摩擦出來，類似中文發音「ㄈㄛ」。

ฟ 是第三十一個聲母，發音for，而 ฟัน 是其代表單字，發音fun，就是「牙齒」的意思，類似我們學英文字母時「a for apple」的概念。

聲母小常識

・泰文書寫的筆順，口訣為「由左而右，由上而下，從圓圈開始寫，一筆寫到完」。

・「ฟ」是泰文的第三十一個聲母，字形有圓圈，屬於低音聲母。圓圈是順時鐘書寫後，直線往下，到底端後寫出「倒V」形的折線，且折線的轉折處需達到頂端，之後再豎折直線往上，長度超過左邊的圓頂。

小試身手

ฟ

ฟ

ฟ

MP3-063

ฟ 的常用語詞

ฟอง ㄈㄥ <forng> 泡沫 / 個（蛋的量詞）	ฟ้อง ㄈㄥ~ <forng~> 告狀	ไฟฟ้า ㄈㄞ ㄈㄚ~ <fai fa~> 電 / 電燈
แฟ้ม <faem~> 卷宗	ฟูก ㄈㄨˋ ㄎ˙ <fook`> 床墊	ฟุ้ง <fung~> 散發 / 瀰漫 / 飛揚

MP3-064

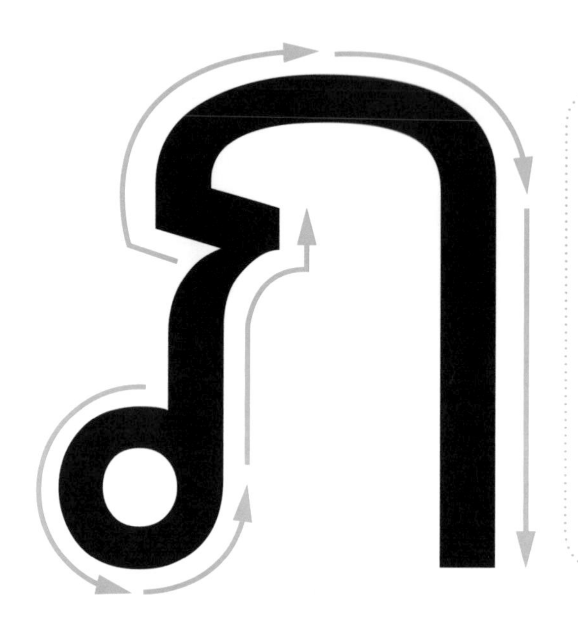

32 pʰor ㄆㄛ

雙唇阻擋氣流，發音時瞬間送氣，聲帶無震動，類似中文發音「ㄆㄛ」。

ภ 是第三十二個聲母，發音pʰor，而 **สำเภา** 是其代表單字，發音sam´ pʰao，就是「大商船」的意思，類似我們學英文字母時「a for apple」的概念。

聲母小常識

- 泰文書寫的筆順，口訣為「由左而右，由上而下，從圓圈開始寫，一筆寫到完」。
- 「ภ」是泰文的第三十二個聲母，字形有圓圈，屬於低音聲母。圓圈是逆時鐘書寫後，直線往上，接近頂端時寫出由內轉外的折線，再由左而右寫出小弧形，最後直線往下寫到與左邊等長。

小試身手

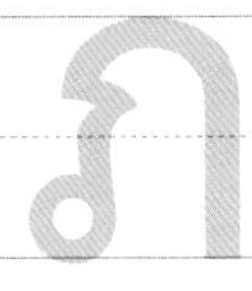

MP3-065

ภ 的常用語詞

ภัย ㄆㄞ <p^{h}ai> 災／災難	ภาชนะ ㄆㄚ ㄔㄚ˙ ㄋㄚ˙ <p^{h}a c^{h}a~ na~> 器皿	ภาวนา ㄆㄚ ㄨㄚ~ ㄋㄚ <p^{h}a wa~ na> 祈禱
ภาษี ㄆㄚ ㄒㄧˊ <p^{h}a seeˊ> 稅	เภสัช ㄆㄟ ㄙㄚ˙ <p^{h}e sadˇ> 醫藥	ภูมิใจ <p^{h}oom jai> 自豪

第三課

MP3-066

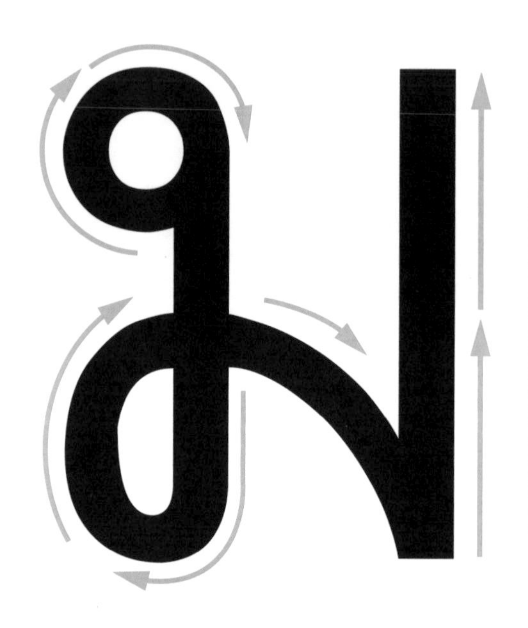

33 mor ㄇㄛ

鼻音，不送氣，發音時雙唇緊閉，讓氣流從鼻腔出來，類似中文發音「ㄇㄛ」。

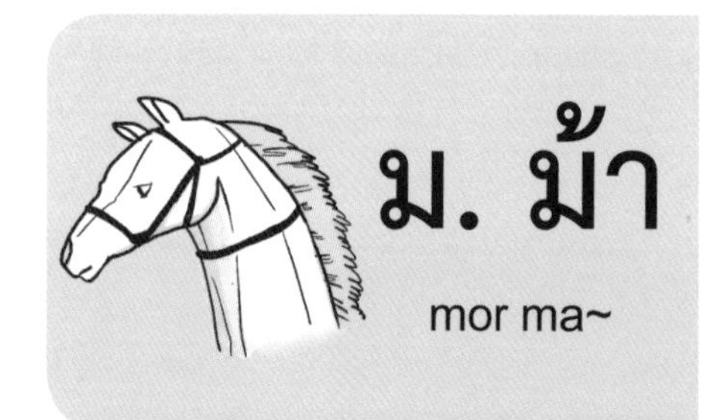

ม 是第三十三個聲母，發音mor，而 ม้า 是其代表單字，發音ma~，就是「馬」的意思，類似我們學英文字母時「a for apple」的概念。

聲母小常識

- 泰文書寫的筆順，口訣為「由左而右，由上而下，從圓圈開始寫，一筆寫到完」。
- 「ม」是泰文的第三十三個聲母，字形有圓圈，屬於低音聲母。圓圈是順時鐘書寫後，直線往下，寫到下端後再寫出一個順時鐘的圓圈，之後往右下邊劃，到底後再折返往上寫直線到與圓頂等高。

小試身手

ม

ม

ม

MP3-067

ม 的常用語詞

มติ ㄇㄚ~ ㄉㄧˇ <ma~ tiˇ> 決議	มนุษย์ ㄇㄚ ㄋㄨ˙ <ma~ nud~> 人類	ม่วง <muang`> 紫色 / 紫的
มอง ㄇㄥ <morng> 望 / 看	มอบ <morb`> 獻給 / 交給	มัก ㄇㄚ~ ㄎ˙ <mak~> 往往 / 常常

第四課 ย、ร、ล、ว、ศ、ษ、ส、ห、ฬ、อ、ฮ

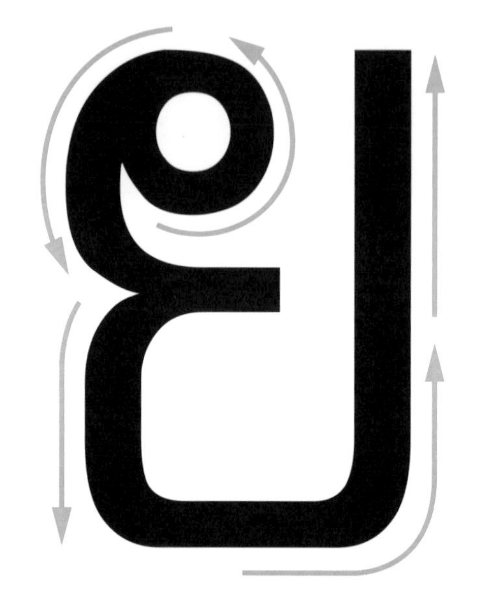

MP3-068

34 yor ㄧㄛ

發音時利用舌尖移向硬顎，讓氣流從舌面及硬顎爆發出來，類似中文發音「ㄧㄛ」。

ย 是第三十四個聲母，發音yor，而**ยักษ์** 是其代表單字，發音yak~，就是「巨魔」的意思，類似我們學英文字母時「a for apple」的概念。

聲母小常識

- 泰文書寫的筆順，口訣為「由左而右，由上而下，從圓圈開始寫，一筆寫到完」。
- 「ย」是泰文的第三十四個聲母，字形有圓圈，屬於低音聲母。圓圈是逆時鐘書寫後，寫出由內轉外的折線，再直線往下，寫到底端後往右邊畫長橫線，再豎折往上寫到與圓頂等高。

小試身手

ย

ย

MP3-069

ย 的常用語詞

ยก ㄧㄛˊ ㄎ˙ <yok~> 舉 / 抬 / 提	ย่อ ㄧㄛˋ <yor`> 摘錄 / 簡要	ยอด ㄧㄛˋ ㄉ˙ <yord`> 頂端
ย่อย ㄧㄛˋ ㄧ <yoi`> 消化	ยาง ㄧㄤ（拉長音） <yang> 橡膠	ได้ยิน ㄉㄞˋ ㄧㄣ <dai` yin> 聽到

MP3-070

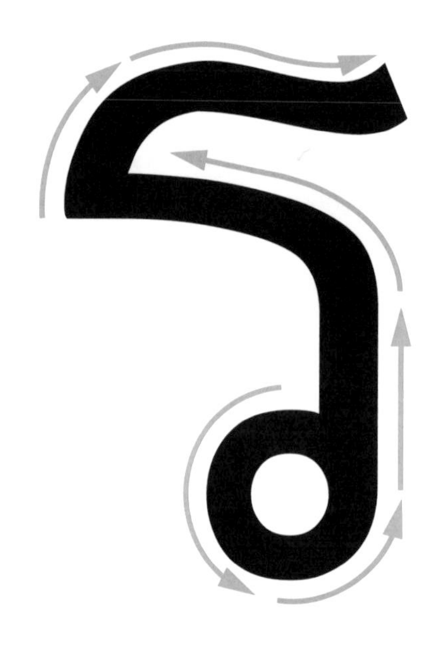

35 ror

利用舌尖頂上齒齦，讓氣流從舌尖通過，類似英文發音「ror」。

ร 是第三十五個聲母，發音ror，而 **เรือ** 是其代表單字，發音ruea，就是「船」的意思，類似我們學英文字母時「a for apple」的概念。

聲母小常識

- 泰文書寫的筆順，口訣為「由左而右，由上而下，從圓圈開始寫，一筆寫到完」。
- 「ร」是泰文的第三十五個聲母，字形有圓圈，屬於低音聲母。圓圈是逆時鐘書寫後，直線往上，接近頂端時由右而左寫出小弧形，再折回寫出第二個小弧形。

小試身手

ร

MP3-071

ร 的常用語詞

รด <rod~ > 澆 / 淋	รถ <rod~> 車 / 車輛	รวย <ruai> 發財 / 富有
ร้อง <rorng~> 叫 / 喊 / 唱	ร้อน <rorn~> 熱	ร้อย <roi~> 百 / 串 / 編串

MP3-072

36 lor ㄌㄛ

利用舌尖頂上齒齦，讓氣流從舌前部兩邊發出，類似中文發音「ㄌㄛ」。

ล 是第三十六個聲母，發音lor，而 ลิง 是其代表單字，發音ling，就是「猴子」的意思，類似我們學英文字母時「a for apple」的概念。

聲母小常識

- 泰文書寫的筆順，口訣為「由左而右，由上而下，從圓圈開始寫，一筆寫到完」。
- 「ล」是泰文的第三十六個聲母，字形有圓圈，屬於低音聲母。圓圈是順時鐘書寫後，直線往上，接近中段時返回往右寫到底端，再返回往上寫直線，接近頂端時由右而左寫出小弧形。

小試身手

ล

MP3-073

ล 的常用語詞

ลง ㄌㄨㄥ <long> 下 / 降 / 落	ลบ <lob~> 擦 / 塗 / 抹	ลวง ㄌㄨㄤ <luang> 誘騙
ลวด <luad`> 金屬線（鋼絲）	ล้อม <lorm~> 包圍	ลิ้น ㄌㄧ～ㄣ <lin~> 舌 / 舌頭

MP3-074

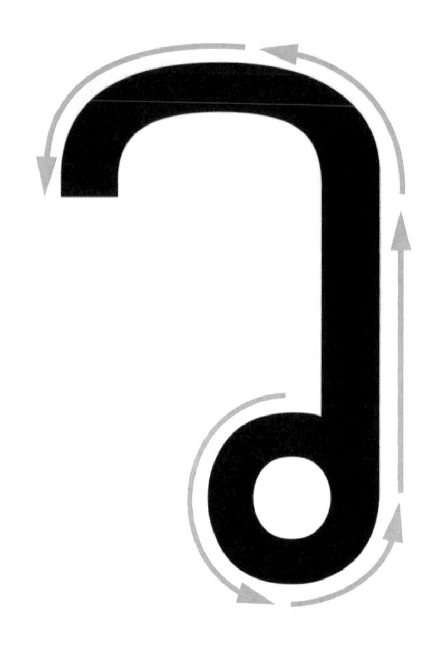

37 wor ㄨㄛ

發音時將雙唇做出圓形，音短而輕，類似中文發音「ㄨㄛ」。

ว 是第三十七個聲母，發音wor，而 **แหวน** 是其代表單字，發音waen，就是「戒指」的意思，類似我們學英文字母時「a for apple」的概念。

聲母小常識

- 泰文書寫的筆順，口訣為「由左而右，由上而下，從圓圈開始寫，一筆寫到完」。
- 「ว」是泰文的第三十七個聲母，字形有圓圈，屬於低音聲母。圓圈是逆時鐘書寫後，直線往上，接近頂端時由右而左寫出小弧形。

小試身手

ว

ว

ว

MP3-075

ว 的常用語詞

วัว ㄨㄛ ㄚ <wua> 牛	ว่าง ㄨㄤˋ <wang`> 空 / 空閒	ว่าย ㄨㄞˋ <wai`> 游泳
ว่าว ㄨㄠˋ <wao`> 風箏	วิธี <wi~ t^{h}ee> 方法	วิ่ง <wing`> 跑步

MP3-076

38 sor´ ㄙㄛˊ

舌尖阻擋氣流，送氣從舌面及上齒中摩擦出來，類似中文發音「ㄙㄛˊ」。

ศ 是第三十八個聲母，發音sor´，而 **ศาลา** 是其代表單字，發音sa´ la，就是「涼亭」的意思，類似我們學英文字母時「a for apple」的概念。

聲母小常識

- 泰文書寫的筆順，口訣為「由左而右，由上而下，從圓圈開始寫，一筆寫到完」。
- 「ศ」是泰文的第三十八個聲母，字形有圓圈，屬於高音聲母。圓圈是逆時鐘書寫後，左斜往下，寫到下端後再折回往上寫，接近頂端時由左而右寫出小弧形後，再直線往下寫到與左邊等長。第二筆於頂端右邊處寫出往上撇的短斜線。

小試身手

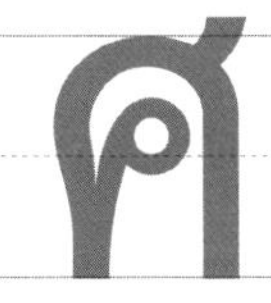

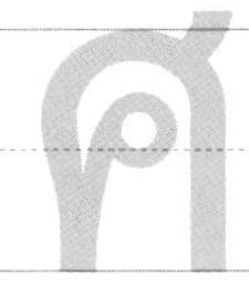

MP3-077

ศ 的常用語詞

ศร <sorn´> 箭	ศัพท์ <sabˇ> 詞 / 詞彙	ศอก <sorkˇ> 前臂
ศาล ㄙㄢˊ <san´> 法庭 / 法院	ศาลา ㄙㄚˊ ㄌㄚ <sa´ la> 涼亭	ศาสนา ㄙㄚˇ ㄙㄚˇ ㄋㄚˊ <sadˇ saˇ na´> 宗教

MP3-078

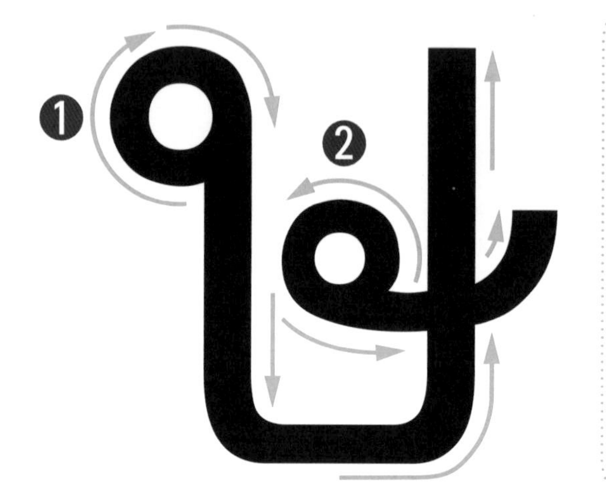

39 **sor´** ㄙㄛˊ

舌尖阻擋氣流，送氣從舌面及上齒中摩擦出來，類似中文發音「ㄙㄛˊ」。

ษ 是第三十九個聲母，發音sor´，而 **ฤษี** 是其代表單字，發音rue~ see´，就是「隱修士」的意思，類似我們學英文字母時「a for apple」的概念。

聲母小常識

- 泰文書寫的筆順，口訣為「由左而右，由上而下，從圓圈開始寫，一筆寫到完」。
- 「ษ」是泰文的第三十九個聲母，字形有圓圈，屬於高音聲母。圓圈是順時鐘書寫後，直線往下，寫到底端後往右邊畫長橫線，再豎折往上寫到與圓頂等高。第二筆於字的中段處寫出逆時鐘圓圈加上小弧形，橫跨右邊直線。

小試身手

ษ

ษ

ษ

MP3-079

ษ 的常用語詞

ศีรษะ ㄒㄧˊ ㄙㄚˇ <see´ saˇ> 頭	นักษัตร <nak~ sadˇ> 生肖	นักศึกษา <nak~ suekˇ sa´> 大學生
นักโทษ <nak~ t^{h}od`> 犯人	ฤษี <rue~ see´> 隱修士	ทักษะ <t^{h}ak~ saˇ> 能力 / 技巧

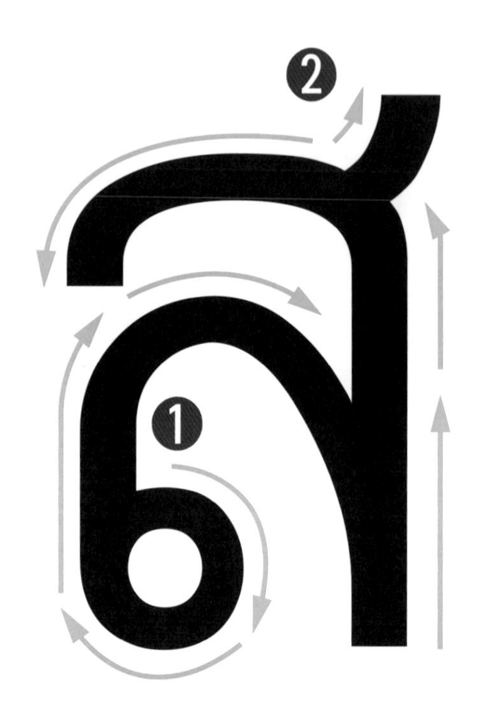

MP3-080

40

sor´ ㄙㄛˊ

舌尖阻擋氣流，送氣從舌面及上齒中摩擦出來，類似中文發音「ㄙㄛˊ」。

ส 是第四十個聲母，發音sor´，而 **เสือ** 是其代表單字，發音suea´，就是「老虎」的意思，類似我們學英文字母時「a for apple」的概念。

聲母小常識

- 泰文書寫的筆順，口訣為「由左而右，由上而下，從圓圈開始寫，一筆寫到完」。
- 「ส」是泰文的第四十個聲母，字形有圓圈，屬於高音聲母。圓圈是順時鐘書寫後，直線往上，接近中段時返回往右寫到底端，再返回往上寫直線，接近頂端時由右而左寫出小弧形。第二筆於頂端右邊處寫出往上撇的短斜線。

小試身手

MP3-081

ส 的常用語詞

สด <sodˇ> 新鮮 / 鮮 / 青	สติ ㄙㄚˇ ㄉㄧˇ <saˇ tiˇ> 意識	สถานี ㄙㄚˇ ㄊㄚˊ ㄋㄧ <saˇ tʰa´ nee> 站 / 台 / 場所
สนาม <saˇ nam´> 廣場 / 操場	สบาย ㄙㄚ ㄅㄞ <saˇ bai> 舒服	ส้ม <som`> 橙

MP3-082

41 hor´ ㄏㄛˊ

利用舌根阻擋氣流，發音時舌根靠近軟顎，讓氣流從中間摩擦出來，類似中文發音「ㄏㄛˊ」。

ห 是第四十一個聲母，發音hor´，而**หีบ** 是其代表單字，發音heeb˘，就是「箱子」的意思，類似我們學英文字母時「a for apple」的概念。

聲母小常識

- 泰文書寫的筆順，口訣為「由左而右，由上而下，從圓圈開始寫，一筆寫到完」。
- 「ห」是泰文的第四十一個聲母，字形有圓圈，屬於高音聲母。圓圈是順時鐘書寫後，直線往下，再往斜右方寫到接近圓頂等高時，寫出逆時鐘圓圈後，再直線往下寫到與左邊等長。

小試身手

ห

ห

ห

MP3-083

ห 的常用語詞

ห้า ㄏㄚˋ <ha`> 五	หิน <hin´> 石頭	หิว <hio´> 餓
เห็น <hen´> 看見 / 目睹	แห้ง <haeng`> 乾	ให้ ㄏㄞˋ <hai`> 送 / 給 / 允許

MP3-084

42 lor ㄌㄛ

利用舌尖頂上齒齦，讓氣流從舌前部兩邊發出，類似中文發音「ㄌㄛ」。

ฬ 是第四十二個聲母，發音lor，而 **จุฬา** 是其代表單字，發音juˇ la，就是「五角風箏」的意思，類似我們學英文字母時「a for apple」的概念。

聲母小常識

- 泰文書寫的筆順，口訣為「由左而右，由上而下，從圓圈開始寫，一筆寫到完」。
- 「ฬ」是泰文的第四十二個聲母，字形有圓圈，屬於低音聲母。圓圈是順時鐘書寫後，直線往下，到底端後寫出「倒V」形的折線，之後再豎折往上寫，超過左邊圓頂高度後立即寫出逆時鐘圓圈，最後再加上往上撇的短斜線。

小試身手

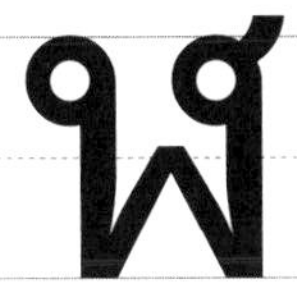

ฬ

ฬ

MP3-085

ฬ 的常用語詞

กาฬ ㄍㄢ（拉長音） <kan> 黑	กีฬา ㄍㄧ ㄌㄚ <kee la> 運動	วาฬ ㄨㄢ（拉長音） <wan> 鯨魚
นาฬิกา ㄋㄚ ㄌㄧ~ ㄍㄚ <na li~ ka> 鐘 / 錶	จุฬา ㄗㄨˇ ㄌㄚ <juˇ la> 五角形風箏	โสฬส <so´ lod~> 古代貨幣單位

MP3-086

43

or ㄛ

爆發音，聲帶無震動，不送氣，類似中文發音「ㄛ」。

อ 是第四十三個聲母，發音or，而 **อ่าง** 是其代表單字，發音angˇ，就是「盆子」的意思，類似我們學英文字母時「a for apple」的概念。

聲母小常識

- 泰文書寫的筆順，口訣為「由左而右，由上而下，從圓圈開始寫，一筆寫到完」。
- 「อ」是泰文的第四十三個聲母，字形有圓圈，屬於中音聲母。圓圈是逆時鐘書寫後，直線往下，寫到底端後往右邊畫長橫線，再豎折往上，接近頂端時由右而左寫出小弧形。

小試身手

อ

อ

อ

MP3-087

อ 的常用語詞

อก	อด	อ่อน
<okˇ>	<odˇ>	<ornˇ>
胸 / 胸膛	忍 / 絕食 / 停止	軟 / 嫩 / 年少

อับ	อ้อม	อาย ㄞ
<abˇ>	<orm`>	<ai>
不通風 / 不透氣	繞著走	害羞

MP3-088

44 hor ㄏㄛ

利用舌根阻擋氣流，發音時舌根靠近軟顎，讓氣流從牙齒和嘴巴兩者中間摩擦出來，類似中文發音「ㄏㄛ」。

ฮ 是第四十四個聲母，發音hor，而 **นกฮูก** 是其代表單字，發音nok~ hook`，就是「貓頭鷹」的意思，類似我們學英文字母時「a for apple」的概念。

聲母小常識

- 泰文書寫的筆順，口訣為「由左而右，由上而下，從圓圈開始寫，一筆寫到完」。
- 「ฮ」是泰文的第四十四個聲母，字形有圓圈，屬於低音聲母。圓圈是逆時鐘書寫後，直線往下，寫到底端後往右邊畫長橫線，再豎折往上，接近頂端時由右而左寫出一個扁平的圈，最後再往上寫出短斜線。

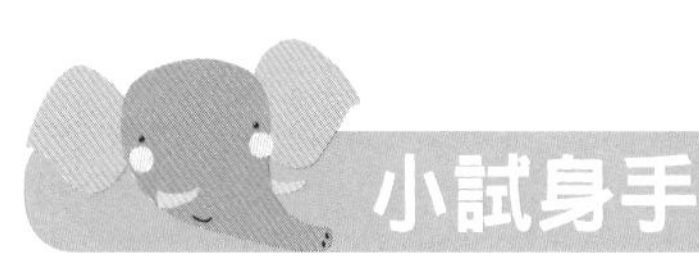

小試身手

ฮ

ฮ 的常用語詞

MP3-089

ฮวบ <huab`> 突然下陷	ฮองเฮา ㄏㄨㄥ ㄏㄠ <horng hao> 皇后	ฮิ ˙ㄏㄧ <hi~> 嘻
ฮิปโป ㄏㄧ~ㄅㄛ <hib~ po> 河馬	ฮือ <hue> 哭泣聲音	เฮง <heng> 幸運

第五課 中音聲母、高音聲母、低音聲母

一 中音聲母

（一）中音聲母，共有9個字

MP3-090

ก　จ　ด　ฎ　ต

ฏ　บ　ป　อ

（二）發音小祕訣

字母		發音
ก	類似中文發音	ㄍㄡ
จ	類似中文發音	ㄓㄛ
ด	類似中文發音	ㄉㄛ
ฎ	類似中文發音	ㄉㄛ
ต	類似中文發音	ㄉㄛ
ฏ	類似中文發音	ㄉㄛ
บ	類似英文發音	bor
ป	類似中文發音	ㄅㄛ
อ	類似中文發音	ㄛ

二 高音聲母

（一）高音聲母，共有11個字

MP3-091

ข ฃ（已不用） ฉ ฐ ถ ผ

ฝ ศ ษ ส ห

（二）發音小祕訣

字母		發音
ข	類似中文發音	ㄎㄛˊ
ฃ	類似中文發音	ㄎㄛˊ
ฉ	類似中文發音	ㄔㄛˊ
ฐ	類似中文發音	ㄊㄛˊ
ถ	類似中文發音	ㄊㄛˊ
ผ	類似中文發音	ㄆㄛˊ
ฝ	類似中文發音	ㄈㄛˊ
ศ	類似中文發音	ㄙㄛˊ
ษ	類似中文發音	ㄙㄛˊ
ส	類似中文發音	ㄙㄛˊ
ห	類似中文發音	ㄏㄛˊ

三 低音聲母

（一）低音聲母，共有24個字

MP3-092

ค	ฅ（已不用）	ฆ	ง	ช	ซ	ฌ	ญ
ฑ	ฒ	ณ	ท	ธ	น	พ	ฟ
ภ	ม	ย	ร	ล	ว	ฬ	ฮ

以上的低音聲母又分為 **อักษรต่ำคู่** 及 **อักษรต่ำเดี่ยว** 兩種。

（二）第一種（อักษรต่ำคู่）低音聲母共有14個字7個音。

1. 第一種低音聲母發音小祕訣

（三）第二種（อักษรต่ำเดี่ยว）低音聲母共有10個字10個音

包括「**ง**」、「**ญ**」、「**ณ**」、「**น**」、「**ม**」、「**ย**」、「**ร**」、「**ล**」、「**ว**」、「**ฬ**」。當拼讀時，需要以「**ห**」當前引字，才能拼出所有五個音的聲調，因此會變成「**หง-**」、「**หญ-**」、「**หณ-**」、「**หน-**」、「**หม-**」、「**หย-**」、「**หร-**」、「**หล-**」、「**หว-**」、及「**หฬ-**」（文法上雖可拼出「**หณ-**」、及「**หฬ-**」的音或聲調，但在泰文中未曾有任何單字是如此拼法）。

1. 第二種低音聲母發音小祕訣

字母		發音	字母		發音
ง	類似英文發音	ngor	ญ	類似中文發音	ㄧㄛ
ณ	類似中文發音	ㄋㄛ	น	類似中文發音	ㄋㄛ
ม	類似中文發音	ㄇㄛ	ย	類似中文發音	ㄧㄛ
ร	類似英文發音	ror	ล	類似中文發音	ㄌㄛ
ว	類似中文發音	ㄨㄛ	ฬ	類似中文發音	ㄌㄛ

（四）特殊情形「อย」

泰語中，以「**อ**」當前引字的只有4個語詞，包括「**อย่า**」（不要 / 別）、「**อยู่**」（在）、「**อย่าง**」（樣子 / 量詞，件）、「**อยาก**」（想要），且其發音（聲調）均為第二聲（**เสียงเอก**）。

四 泰文聲母的發音方法

（一）อักษรกลาง 中音聲母：9個

MP3-093

聲母	發音方法
ก [k]	為舌根音，不送氣，發音時舌根頂住軟顎後立即放開，使氣流爆發出來，聲帶無震動，類似中文發音「ㄍㄡ」。
จ [j]	舌面阻擋氣，發音時利用舌面前部貼住硬顎，同時用舌尖頂住齒齦，使氣流從舌面前部跟硬顎間摩擦出來，聲帶無震動，類似中文發音「ㄓㄛ」。
ฎ ด [d]	利用舌尖堵住氣流，發音時將舌尖頂住上齒齦，口腔充滿氣，瞬間下移舌頭，讓氣流慢慢地發出，聲帶無震動，類似中文發音「ㄉㄛ」。
ฏ ต [t]	利用舌尖堵住氣流，發音時將舌尖接觸上齒齦，口腔充滿氣，瞬間下移舌頭，讓氣流爆發出來，聲帶無震動，類似中文發音「ㄉㄛ」。
บ [b]	利用雙唇擋住氣流，發音時雙唇緊閉，口腔充滿氣，瞬間張開雙唇讓氣流輕輕發出，聲帶無震動，類似英文發音「bor」。
ป [p]	利用雙唇擋住氣流，發音時雙唇緊閉，口腔充滿氣，瞬間張開雙唇讓氣流猛烈發出，聲帶無震動，類似中文發音「ㄅㄛ」。
อ [o]	爆發音，聲帶無震動，不送氣，類似中文發音「ㄛ」。

（二）อักษรสูง 高音聲母：11個

MP3-094

聲母	發音方法
ข ฃ [kʰ]	發音時聲帶無震動，利用舌根阻擋氣流再送氣，氣流從口腔爆發出來，類似中文發音「ㄎㄛˊ」。
ฉ [cʰ]	利用舌尖阻擋後面的氣流，發音時送氣，類似中文發音「ㄔㄛˊ」。
ฐ ถ [tʰ]	利用舌尖阻擋氣流，發音時氣流從口腔爆發出來，類似中文發音「ㄊㄛˊ」。
ผ [pʰ]	雙唇阻擋氣後再送氣，發音時猛烈送氣，聲帶無震動，類似中文發音「ㄆㄛˊ」。
ฝ [f]	利用上排牙齒接觸下嘴唇，發音時將氣從中間摩擦出來，類似中文發音「ㄈㄛˊ」。
ศ ษ ส [s]	舌尖阻擋氣流，送氣從舌面及上齒中摩擦出來，類似中文發音「ㄙㄛˊ」。
ห [h]	利用舌根阻擋氣流，發音時舌根靠近軟顎，讓氣流從中間摩擦出來，類似中文發音「ㄏㄛˊ」。

（三）อักษรต่ำ 低音聲母：24個

MP3-095

聲母	發音方法
ค ฅ ฆ [kʰ]	發音時聲帶無震動，利用舌根阻擋氣流再送氣，氣流從口腔爆發出來，類似中文發音「ㄎㄛ」。
ง [ng]	鼻音，發音時利用舌頭往後靠，和緊縮前突的喉壁相接近，摩擦後發出聲音，類似英文發音「ngor」。
ช ฌ [cʰ]	利用舌尖阻擋後面的氣流，發音時送氣，類似中文發音「ㄔㄛ」。

聲母	發音方法
ซ [s]	舌尖阻擋前氣流，送氣從舌面及上齒中摩擦出來，類似中文發音「ㄙㄛ」。
ญ ย [y]	發音時利用舌尖移向硬顎，讓氣流從舌面及硬顎爆發出來，類似中文發音「ㄧㄛ」。
ฑ ฒ ท ธ [tʰ]	利用舌尖阻擋氣流，發音時氣流從口腔爆發出來，類似中文發音「ㄊㄛ」。
ณ น [n]	鼻音，利用舌尖頂住齒齦，軟顎和小舌下垂，鼻腔打開，類似中文發音「ㄋㄛ」。
พ ภ [pʰ]	雙唇阻擋氣流，發音時瞬間送氣，聲帶無震動，類似中文發音「ㄆㄛ」。
ฟ [f]	利用上排牙齒接觸下嘴唇，發音時將氣從牙齒和嘴巴兩者中間摩擦出來，類似中文發音「ㄈㄛ」。
ม [m]	鼻音，不送氣，發音時雙唇緊閉，讓氣流從鼻腔出來，類似中文發音「ㄇㄛ」。
ร [r]	利用舌尖頂上齒齦，讓氣流從舌尖通過，類似英文發音「ror」。
ล ฬ [l]	利用舌尖頂上齒齦，讓氣流從舌前部兩邊發出，類似中文發音「ㄌㄛ」。
ว [w]	發音時將雙唇做出圓形，音短而輕，類似中文發音「ㄨㄛ」。
ฮ [h]	利用舌根阻擋氣流，發音時舌根靠近軟顎，讓氣流從牙齒和嘴巴兩者中間摩擦出來，類似中文發音「ㄏㄛ」。

1 การทักทาย

打招呼

MP3-096

สมศักดิ์
Somsak 宋沙

สีดา
Seeda 席搭

สวัสดี ครับ

saˇ-wadˇ-dee k^{h}rab

妳好！

สวัสดี ค่ะ

saˇ-wadˇ-dee k^{h}a`

你好！

อรุณ สวัสดิ์ ครับ

aˇ-run saˇ-wadˇ k^{h}rab

早安。

อรุณ สวัสดิ์ ค่ะ

aˇ-run saˇ-wadˇ k^{h}a`

早安。

第五課

ราตรี สวัสดิ์ ครับ

ra-tree saˇ-wadˇ k^{h}rab

晚安。

ราตรี สวัสดิ์ ค่ะ

ra-tree saˇ-wadˇ k^{h}a`

晚安。

2 การบอกลา

再見

MP3-097

พบ กัน ใหม่ ครับ

p^{h}ob~ kan maiˇ k^{h}rab

再見。

เจอ กัน ใหม่ ค่ะ

jer kan maiˇ k^{h}a`

再見。

พบกันใหม่ วันจันทร์ หน้า ครับ

p^{h}ob~ kan maiˇ wan jan na` k^{h}rab

下星期一見。

เจอกันใหม่ วันจันทร์ หน้า ค่ะ

jer kan maiˇ wan jan na` k$^{h}$a`

下星期一見。

3 การแนะนำตนเอง

自我介紹

MP3-098

ผม ชื่อ สมศักดิ์ ครับ

p^{h}om´ c^{h}ue` som´-sak˘ k^{h}rab

我叫宋沙。

แล้ว คุณ ชื่อ อะไร ครับ?

laeo~ k^{h}un c^{h}ue` a˘-rai k^{h}rab

那妳叫什麼名字？

ฉัน ชื่อ สีดา ค่ะ

c^{h}an´ c^{h}ue` see´-da k$^h$a`

我叫席搭。

ยินดี ที่ ได้ รู้จัก ครับ

yin dee t^{h}ee` dai` roo~-jak˘ k^{h}rab

很高興認識妳。

ยินดี ที่ ได้ รู้จัก เช่นกัน ค่ะ

yin dee t^{h}ee` dai` roo~-jak˘ c^{h}en` kan k$^h$a`

我也很高興認識你。

4 การขอบคุณ

謝謝

MP3-099

ขอบคุณ ครับ

k^{h}orbˇ-k^{h}un k^{h}rab

謝謝你。

ขอบคุณ ค่ะ

k^{h}orbˇ-k^{h}un k^{h}a`

謝謝你。

ขอบคุณ มาก ๆ ครับ

k^{h}orbˇ-k^{h}un mak` mak` k^{h}rab

非常感謝你。

ขอบคุณ มาก ๆ ค่ะ

k^{h}orbˇ-k^{h}un mak` mak` k^{h}a`

非常感謝你。

ไม่ ต้อง เกรงใจ

mai` torng` kreng jai

不用客氣。

5 การขอโทษ

抱歉

MP3-100

ขอโทษ ครับ

k^{h}or´ t^{h}od` k^{h}rab

對不起。

ขอโทษ ค่ะ

k^{h}or´ t^{h}od` k$^{h}$a`

對不起。

ขออภัย ครับ

k^{h}or´ aˇ-p^{h}ai k^{h}rab

對不起。

ขออภัย ค่ะ

k^{h}or´ aˇ-p^{h}ai k^{h}a`

對不起。

ไม่ เป็น ไร

mai` pen rai

沒有關係。

泰文字的演變

約西元前143年，泰民族就從原先的居住地，遷徙到古代孟民族的所在地。當時的孟民族是一個非常進步的民族。在那時，泰民族原是使用一種從孟民族語言衍生而來的文字。後來，約西元957年時，古高棉民族的勢力及領土擴張到位於勇流域（Yom River）的泰國領地，至終勢力強盛到占據了城涼及素可泰城。

古高棉民族原有自己使用的文字，稱為Khom Wad（古高棉語），據文獻顯示，泰民族極可能自此學會了古高棉的文字，再融入自己原來所使用的泰文，使文字更接近古高棉文字。

孟加拉文字及高棉文字均由婆羅門教的婆羅米文（Brahmi script）演變而來。婆羅米文是由世上最古老的文字腓尼基字母發展而來的，此腓尼基字母也是亞洲及歐洲各國語言的原型。

之後，婆羅米文不斷演變，以致與原始的文字差異頗大，終而發展成北印度地區所使用的一種語言，稱為「天城文」（Devanagari），以及南印度地區所使用的另一種語言，稱為「古蘭塔文」（Grantha）。天城文是用來書寫巴利文及梵文的主要文字系統。

到了西元1283年，素可泰王朝的第三位國王——蘭甘亨大帝創造了新的泰文文字，但仍保留了南印度語及孟加拉語和高棉語的結構，所以我們可以從四者的文字中看出，許多泰文文字與南印度語、孟語及高棉語非常相似。雖然有些字形看起來不同，但仍能從其中找出是由哪一個文字演變而來的。

แบบฝึกหัด　作業練習一

作業 1 依圖示，寫出對應的聲母（可對照 p.18-p.19）

1. ________

2. ________

3. ________

4. ________

5. ________

6. ________

7. ________

8. ________

9. ________

10. ________

11. ________

12. ________

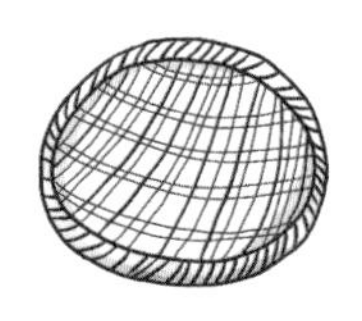

13. ________

14. ________

15. ________

16. ________

17. ________

18. ________

19. ________

20. ________

21. ________ 22. ________ 23. ________ 24. ________

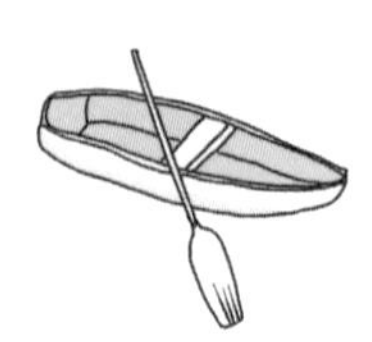

25. ________ 26. ________ 27. ________ 28. ________

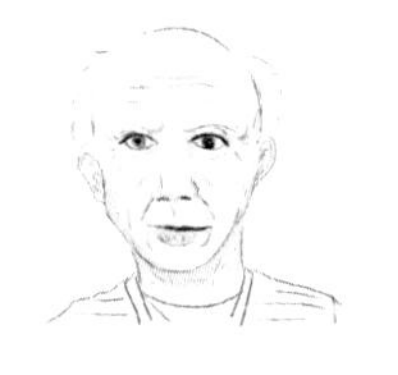

29. ________ 30. ________ 31. ________ 32. ________

33. ________ 34. ________

作業 2 請圈出與圖片內容對應的聲母

1.

ภ ถ ฌ ญ ก

2.

ฟ พ ฬ ผ ฝ

3.

ญ ณ ฌ ถ ฉ

4.

ด ต ค ฅ ศ

5.

จ อ ฉ ค ด

6.

ล ฉ ฮ ส ศ

7.

ข ฃ ช ซ ฑ

8.

น ม บ ษ ป

9.

บ จ ฉ ว ป

10.

ป ษ ฬ ผ บ

11.

ต ฌ ฒ ศ ณ

12.

น ม บ ฉ ป

13.

ฟ พ ฬ ผ ฝ

作業 3 依順序寫出缺漏的聲母

1. ก	2.	3. ฃ	4.	5.	6. ฆ
7.	8. จ	9.	10. ช	11.	12.
13. ญ	14.	15. ฏ	16.	17.	18. ฒ
19.	20. ด	21.	22. ถ	23.	24. ธ
25.	26.	27. ป	28.	29.	30. พ
31.	32. ภ	33.	34.	35. ร	36.
37. ว	38. ศ	39.	40.	41. ห	42.
43.	44. ฮ				

第五課

作業4 請圈出與最左方欄位排列相同的2個聲母群，然後填寫在最右邊欄位

例. กภ　ภก ถภ กถ (กภ)　กภ

1. ดค　ดด คด ดค คค　______

2. ญูณ　ญูณ ฌฒ ณญู ถณ　______

3. ผพ　พผ บผ ผพ พบ　______

4. ฃข　ขฃ ชข ฃข ฃบ　______

5. ฉล　ทล นล ฉล ลฉ　______

6. มน　ฉน มน นม ฉม　______

7. ฎฏ　ฎฐ ภฏ ฎฏ ภฏ　______

作業 5 請圈出中音聲母

ฟ	ภ	ม	ค	ฅ	บ	ป	ผ	ฉ	ช	ซ
ฆ	ง	จ	พ	ก	ท	ฃ	ญ	ฎ	ธ	น
ฌ	ข	ฝ	ฏ	ฐ	ฑ	ฒ	ณ	ด	ต	ถ
ย	ร	ล	ว	ศ	ษ	ส	ห	ฬ	อ	ฮ

作業 6 請圈出高音聲母

น	บ	ป	ผ	ศ	ษ	ฬ	ส	ห	อ	ฮ
ฌ	ญ	ฎ	ฏ	ช	ซ	ฒ	ณ	ด	ต	ถ
ว	ฐ	ฑ	ง	จ	ฉ	ย	ร	ล	ก	ข
ท	ธ	ฃ	ค	ฅ	ฆ	ฝ	พ	ฟ	ภ	ม

作業 7 請圈出低音聲母

ภ	ม	ฃ	ค	ฅ	ฬ	อ	พ	ฉ	ช	ซ
ฮ	ฆ	ง	จ	ผ	ฝ	ฌ	ด	ท	ธ	น
ณ	ห	ก	ข	ฐ	ฑ	ฟ	ล	ว	ศ	ถ
บ	ฒ	ษ	ส	ต	ป	ร	ญ	ฎ	ฏ	ย

恭喜你！學會了44個聲母

บันทึก

筆記

第二章

泰文韻母

สระไทย

第六課 สระไทย 泰文韻母

一、泰文韻母介紹

泰文韻母可分為三種：單音韻母、雙音韻母及特殊韻母。

（一）สระเดี่ยว 單音韻母

MP3-101

เสียงยาว 長音	เสียงสั้น 短音
◌า	◌ะ
◌ื	◌ึ
เ◌	เ◌ะ
โ◌	โ◌ะ
เ◌อ	เ◌อะ

เสียงยาว 長音	เสียงสั้น 短音
◌ี	◌ิ
◌ู	◌ุ
แ◌	แ◌ะ
◌อ	เ◌าะ

（二）สระประสม 雙音韻母

MP3-102

เสียงยาว 長音	เสียงสั้น 短音
◌ัว	◌ัวะ
เ◌ือ	เ◌ือะ

เสียงยาว 長音	เสียงสั้น 短音
เ◌ีย	เ◌ียะ

（三）สระเกิน 特殊韻母

MP3-103

◌ำ	ใ◌	ไ◌	เ◌า
ฤ	ฤๅ	ฦ	ฦๅ

二 韻母的發音

（一）單音韻母總共18個

MP3-104

	長音	音標／類似中文發音		短音	音標／類似中文發音
1	◌า	ar / ㄚ	2	◌ะ	a / ㄚ˙
3	◌ี	ee / ㄧ	4	◌ิ	i / ㄧ˙
5	◌ื	ue / 無對應	6	◌ึ	ue / 無對應
7	◌ู	oo / ㄨ	8	◌ุ	u / ㄨ˙
9	เ◌	e / ㄟ	10	เ◌ะ	e / ㄟ˙
11	แ◌	ae / ㄝ	12	แ◌ะ	ae / ㄝ˙
13	โ◌	o / ㄡ	14	โ◌ะ	oe / 無對應
15	◌อ	or / ㄛ	16	เ◌าะ	oa / ㄛ˙
17	เ◌อ	er / ㄜ	18	เ◌อะ	er / ㄜ˙

（二）雙音韻母總共6個

MP3-105

	長音	音標 / 類似中文發音		短音	音標 / 類似中文發音
19	◌ัว (◌ู+◌า)	ua / ㄨ ㄨㄛ	20	◌ัวะ (◌ุ+◌ะ)	ua / ㄨ˙ ㄨㄛ˙
21	เ◌ีย (◌ี+◌า)	ia / ㄧ ㄧㄚ	22	เ◌ียะ (◌ิ+◌ะ)	ia / ㄧ˙ ㄧㄚ˙
23	เ◌ือ (◌ื+◌า)	uea / ㄜ ㄚ	24	เ◌ือะ (◌ึ+◌ะ)	uea / ㄜ˙ ㄚ˙

（三）特殊韻母總共8個

MP3-106

	短音	音標 / 類似中文發音		短音	音標 / 類似中文發音
25	◌ำ (◌ะ+ม)	am / 無對應	26	ใ◌ (◌ะ+ย)	ai / ㄞ
27	ไ◌ (◌ะ+ย)	ai / ㄞ	28	เ◌า (◌ะ+ว)	ao / ㄠ

	短音	音標 / 類似中文發音		長音	音標 / 類似中文發音
29	ฤ (รึ)	rue~ / 無對應	30	ฤๅ (รือ)	rue / 無對應
31	ฦ (ลึ)	lue~ / 無對應	32	ฦๅ (ลือ)	lue / 無對應

三 小試身手

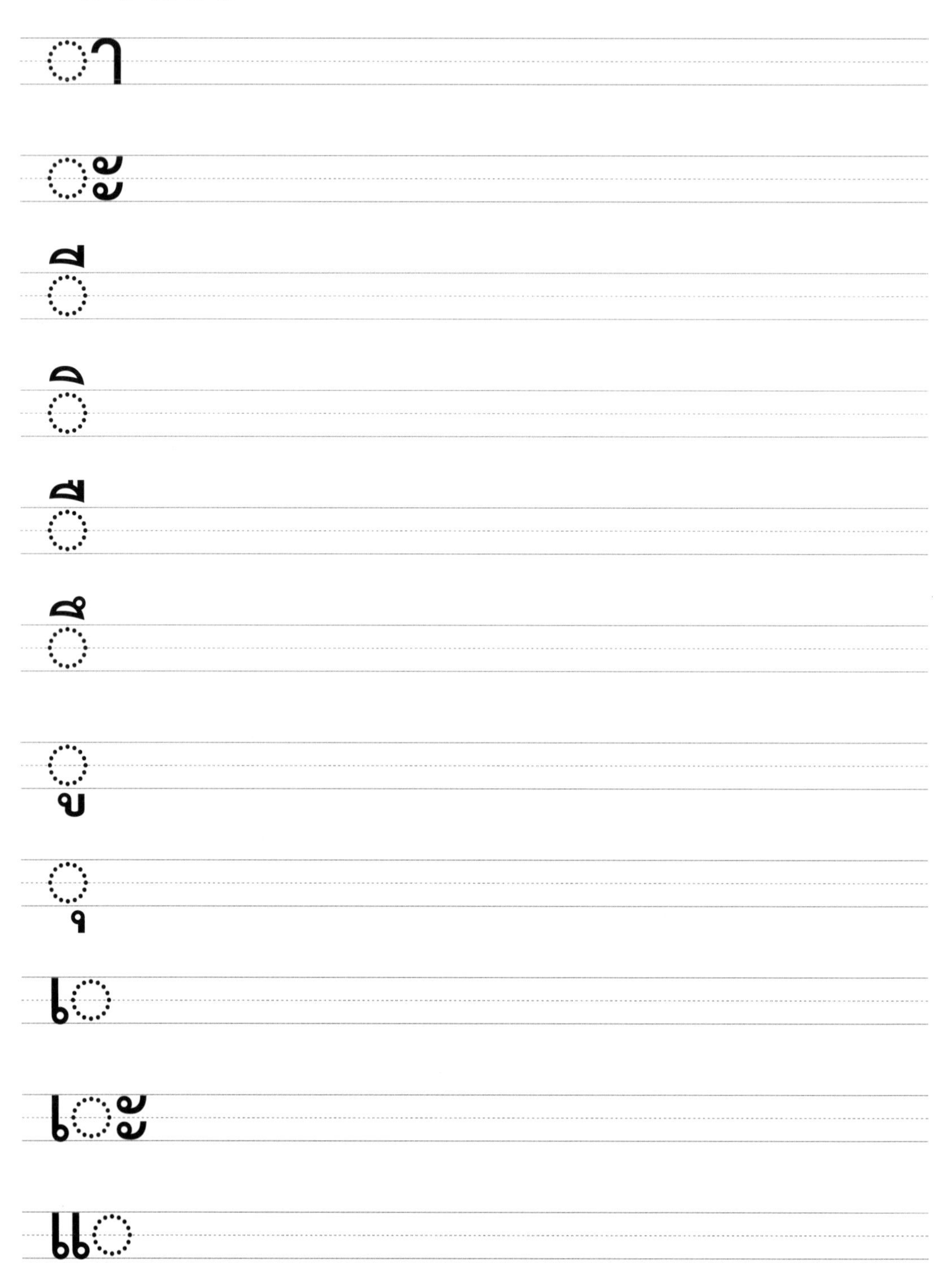

แ◌ะ

โ◌

โ◌ะ

◌อ

เ◌าะ

เ◌อ

เ◌อะ

◌ัว

◌ัวะ

เ◌ีย

เ◌ียะ

เ◌ือ

ເ◌ືອະ
◌ຳ
ໃ◌
ໄ◌
ເ◌ົາ
ฤ
ฤๅ
ฦ
ฦๅ

อักษรไทย

五花八門的泰文字母

（一）ลายสือไท　「來斯泰Laisuethai」字形

ก	ข	ฃ	ค	ฅ	ฆ	ง	จ	ฉ	ช	ซ	ฌ	ญ	ฎ	ฏ
ฐ	ฑ	ฒ	ณ	ด	ต	ถ	ท	ธ	น	บ	ป	ผ	ฝ	พ
ฟ	ภ	ม	ย	ร	ล	ว	ศ	ษ	ส	ห	ฬ	อ	ฮ	

อา	อะ	อี	อิ	อื	อึ	อู	อุ	เอ	เอะ
แอ	แอะ	โอ	โอะ	ออ	เอาะ	เออ	เออะ	อัว	อัวะ
เอีย	เอียะ	เอือ	เอือะ	อำ	ไอ	ใอ	เอา	ฤ	ฤา

（二）เอกมัย　「欸咖買Ekkamai」字形

ก	ข	ฃ	ค	ฅ	ฆ	ง	จ	ฉ	ช	ซ	ฌ	ญ	ฎ	ฏ
ฐ	ฑ	ฒ	ณ	ด	ต	ถ	ท	ธ	น	บ	ป	ผ	ฝ	พ
ฟ	ภ	ม	ย	ร	ล	ว	ศ	ษ	ส	ห	ฬ	อ	ฮ	

อา	อะ	อี	อิ	อื	อึ	อู	อุ	เอ	เอะ
แอ	แอะ	โอ	โอะ	ออ	เอาะ	เออ	เออะ	อัว	อัวะ
เอีย	เอียะ	เอือ	เอือะ	อำ	ไอ	ใอ	เอา	ฤ	ฤา

（三）อัสดง 「阿撒龍Asadong」字形

ก	ข	ฃ	ค	ฅ	ฆ	ง	จ	ฉ	ช	ซ	ฌ	ญ	ฎ	ฏ
ฐ	ฑ	ฒ	ณ	ด	ต	ถ	ท	ธ	น	บ	ป	ผ	ฝ	พ
ฟ	ภ	ม	ย	ร	ล	ว	ศ	ษ	ส	ห	ฬ	อ	ฮ	

อา	อะ	อี	อิ	อื	อึ	อู	อุ	เอ	เอะ
แอ	แอะ	โอ	โอะ	ออ	เอาะ	เออ	เออะ	อัว	อัวะ
เอีย	เอียะ	เอือ	เอือะ	อำ	ไอ	ใอ	เอา	ฤ	ฤๅ

（四）จามรมาน 「查蒙曼Charmonman」字形

ก	ข	ฃ	ค	ฅ	ฆ	ง	จ	ฉ	ช	ซ	ฌ	ญ	ฎ	ฏ
ฐ	ฑ	ฒ	ณ	ด	ต	ถ	ท	ธ	น	บ	ป	ผ	ฝ	พ
ฟ	ภ	ม	ย	ร	ล	ว	ศ	ษ	ส	ห	ฬ	อ	ฮ	

อา	อะ	อี	อิ	อื	อึ	อู	อุ	เอ	เอะ
แอ	แอะ	โอ	โอะ	ออ	เอาะ	เออ	เออะ	อัว	อัวะ
เอีย	เอียะ	เอือ	เอือะ	อำ	ไอ	ใอ	เอา	ฤ	ฤๅ

แบบฝึกหัด

作業練習二

作業 1 請寫出正確的韻母

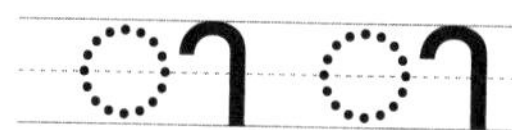

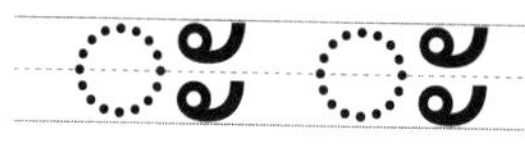

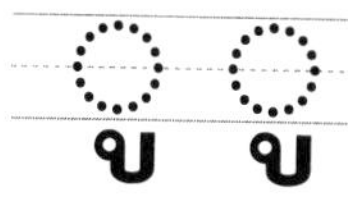

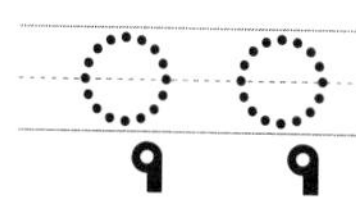

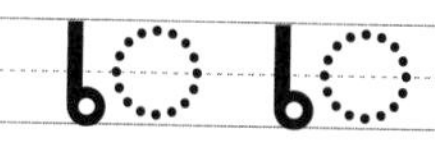

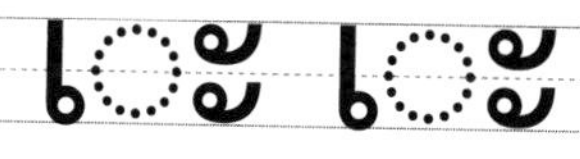

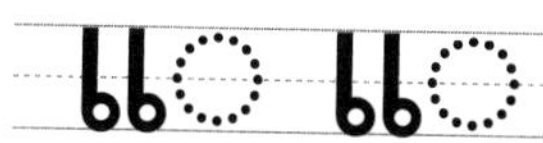

第六課

แ◌ะ แ◌ะ
โ◌ โ◌
โ◌ะ โ◌ะ
◌อ ◌อ
เ◌าะ เ◌าะ
เ◌อ เ◌อ
เ◌อะ เ◌อะ
◌ัว ◌ัว
◌ัวะ ◌ัวะ
เ◌ีย เ◌ีย
เ◌ียะ เ◌ียะ
เ◌ือ เ◌ือ

เ◌ือะ เ◌ือะ

◌ำ ◌ำ

ใ◌ ใ◌

ไ◌ ไ◌

เ◌า เ◌า

ฤ ฤ

ฤๅ ฤๅ

ฦ ฦ

ฦๅ ฦๅ

作業 2 請將長、短音韻母依類別寫出來

ใ◌	เ◌าะ	◌ะ	ฤ	เ◌ือ
◌ู	ฤๅ	◌ำ	◌ิ	แ◌ะ
แ◌	◌ี	เ◌ะ	เ◌ือะ	◌ื
เ◌า	◌ัว	◌ุ	ฦๅ	ไ◌
โ◌ะ	◌า	◌อ	เ◌อะ	เ◌ียะ
เ◌	เ◌อ	◌ัวะ	เ◌ีย	◌ึ
โ◌	ฦ			

สระเสียงสั้น（短音韻母）

____

____

____

สระเสียงยาว（長音韻母）

____

____

____

作業 3 請寫出八個特殊韻母

1. ____________ 2. ____________ 3. ____________ 4. ____________

5. ____________ 6. ____________ 7. ____________ 8. ____________

作業 4 請圈出特殊韻母

1. ไฝ	2. ใบ	3. โซ	4. ไว
5. ใจ	6. แงะ	7. ทำ	8. บัว
9. ใน	10. เผา	11. ฝุ	12. เบา
13. ไข	14. ใส	15. ไห	16. โถ
17. มือ	18. ยำ	19. เงา	20. โค

第六課

บันทึก 筆記

附錄

ภาคผนวก

作業練習一
作業練習二
解答

作業 1 依圖示，寫出對應的聲母（可對照 p.18-p.19）

1. ธ 2. ง 3. ข 4. ผ
5. ป 6. น 7. ช 8. ฌ
9. ค 10. ด 11. ว 12. ฮ
13. อ 14. ฬ 15. ห 16. ล
17. ส 18. ศ 19. บ 20. ฟ
21. ภ 22. ม 23. ษ 24. ถ
25. ฝ 26. พ 27. ท 28. ร
29. ณ 30. ซ 31. ฒ 32. ญ
33. ฆ 34. ฏ

作業 2 請圈出與圖片內容對應的聲母

1. ภ ถ ฌ ญ ก
2. ฟ พ ฬ ผ ฝ
3. ญ ณ ฌ ถ ฉ
4. ด ต ค ฅ ศ
5. จ อ ฉ ค ด
6. ล ฉ ฮ ส ศ
7. ข ฆ ช ซ ฑ
8. น ม บ ษ ป
9. บ จ ฉ ว ป
10. ป ษ ฬ ผ บ
11. ต ฌ ฒ ฅ ณ
12. น ม บ ฉ ป
13. ฟ พ ฬ ผ ฝ

作業 3 依順序寫出缺漏的聲母

1. ก	2. ข	3. ฃ	4. ค	5. ฅ	6. ฆ
7. ง	8. จ	9. ฉ	10. ช	11. ซ	12. ฌ
13. ญ	14. ฎ	15. ฏ	16. ฐ	17. ฑ	18. ฒ
19. ณ	20. ด	21. ต	22. ถ	23. ท	24. ธ
25. น	26. บ	27. ป	28. ผ	29. ฝ	30. พ
31. ฟ	32. ภ	33. ม	34. ย	35. ร	36. ล
37. ว	38. ศ	39. ษ	40. ส	41. ห	42. ฬ
43. อ	44. ฮ				

作業4 請圈出與最左方欄位排列相同的2個聲母群，然後填寫在最右邊欄位

1.	ดค	ดด	คด	ดค	คค	ดค
2.	ญูณ	ญูณ	ณฒ	ณญู	ถณ	ญูณ
3.	ผพ	พผ	บผ	ผพ	พบ	ผพ
4.	ฃข	ขฃ	ชข	ฃข	ฃบ	ฃข
5.	ฉล	ทล	นล	ฉล	ลฉ	ฉล
6.	มน	ฉน	มน	นม	ฉม	มน
7.	ฎฏ	ฎฐ	ภฏ	ฎฏ	ภฏ	ฎฏ

作業5 請圈出中音聲母

ฟ	ภ	ม	ค	ฅ	บ	ป	ผ	ฉ	ช	ซ
ฆ	ง	จ	พ	ก	ท	ฃ	ญ	ฎ	ธ	น
ฌ	ข	ฝ	ฏ	ฐ	ฑ	ฒ	ณ	ด	ต	ถ
ย	ร	ล	ว	ศ	ษ	ส	ห	ฬ	อ	ฮ

作業6 請圈出高音聲母

น	บ	ป	ผ	ศ	ษ	ฬ	ส	ห	อ	ฮ
ฌ	ญ	ฎ	ฏ	ช	ซ	ฒ	ณ	ด	ต	ถ
ว	ฐ	ฑ	ง	จ	ฉ	ย	ร	ล	ก	ข
ท	ธ	ฃ	ค	ฅ	ฆ	ฝ	พ	ฟ	ภ	ม

作業7 請圈出低音聲母

ภ	ม	ฃ	ค	ฅ	ฬ	อ	พ	ฉ	ช	ซ
ฮ	ฆ	ง	จ	ผ	ฝ	ณ	ด	ท	ธ	น
ฌ	ห	ก	ข	ฐ	ฑ	ฟ	ล	ว	ศ	ถ
บ	ฒ	ษ	ส	ต	ป	ร	ญ	ฎ	ฏ	ย

作業 2 請將長、短音韻母依類別寫出來

สระเสียงสั้น（短音韻母）

ใ◌、เ◌าะ、◌ะ、ฤ、◌ำ、◌ิ、แ◌ะ、เ◌ะ、
เ◌ือะ、เ◌า、◌ุ、ไ◌、โ◌ะ、เ◌อะ、เ◌ียะ、
◌ัวะ、◌ึ、ฦ

สระเสียงยาว（長音韻母）

เ◌ือ、◌ู、ฤๅ、แ◌、◌ี、◌ื、◌ัว、ฦๅ、◌า、◌อ、
เ◌、เ◌อ、เ◌ีย、โ◌

作業 3 請寫出八個特殊韻母

1. ◌ำ
2. ใ◌
3. ไ◌
4. เ◌า
5. ฤ
6. ฤๅ
7. ฦ
8. ฦๅ

作業 4 請圈出特殊韻母

1. ไฝ	2. ใบ	3. โซ	4. ไว
5. ใจ	6. แงะ	7. ทำ	8. บัว
9. ใน	10. เผา	11. ผุ	12. เบา
13. ไข	14. ใส	15. ไห	16. โถ
17. มือ	18. ยำ	19. เงา	20. โค

國家圖書館出版品預行編目資料

泰語起步走1 / 徐建汕（Somsak / สมศักดิ์）著
-- 初版 -- 臺北市：瑞蘭國際, 2020.02
160面；19×26公分 --（外語學習；68）
ISBN：978-957-9138-54-3（第一冊，平裝附光碟片）
1. 泰語 2. 讀本

803.758　　108019315

外語學習系列 68

泰語起步走 1

作者｜徐建汕（Somsak / สมศักดิ์）・責任編輯｜林珊玉、王愿琦
校對｜徐建汕（Somsak / สมศักดิ์）、林珊玉、王愿琦

泰語錄音｜徐建汕（Somsak / สมศักดิ์）、ธีรัชญา（Tirachaya）
錄音室｜采漾錄音製作有限公司
封面設計、版型設計、內文排版｜余佳憓・美術插畫｜Syuan Ho

瑞蘭國際出版

董事長｜張暖彗・社長兼總編輯｜王愿琦
編輯部
副總編輯｜葉仲芸・副主編｜潘治婷・文字編輯｜林珊玉、鄧元婷
設計部主任｜余佳憓・美術編輯｜陳如琪
業務部
副理｜楊米琪・組長｜林湲洵・專員｜張毓庭

出版社｜瑞蘭國際有限公司・地址｜台北市大安區安和路一段104號7樓之1
電話｜(02)2700-4625・傳真｜(02)2700-4622・訂購專線｜(02)2700-4625
劃撥帳號｜19914152 瑞蘭國際有限公司・瑞蘭國際網路書城｜www.genki-japan.com.tw

法律顧問｜海灣國際法律事務所　呂錦峯律師

總經銷｜聯合發行股份有限公司・電話｜(02)2917-8022、2917-8042
傳真｜(02)2915-6275、2915-7212・印刷｜科億印刷股份有限公司
出版日期｜2020年02月初版1刷・定價｜380元・ISBN｜978-957-9138-54-3